JN127975

いのちの讃歌

神渡良平
Ryohei Kamiwatari

致知出版社

はじめに

人間ほど強い者はない！

私はそう確信します。人間は繊細で傷つきやすい存在で、一時は混乱し、意気消沈したりしますが、吹き荒れる嵐を乗り越えたら、元気を取り戻し、再び活動し始めます。人間ほどタフな者はありません。

私たちに天から与えられている〝いのち〟は無限の可能性を秘めています。しかし、さまざまな出来事によってゆがんでいる場合があります。でも人間は心さえ折れなかったら必ず立ち直り、自己実現して、花を咲かせます。しかも遠回りした分、さらに大きくなって、いっそう豊かに花を咲かせます。

人間のいのちには再生する能力が組み込まれているとしか思えません。だから私は、

「アメイジング・グレイス！」

と天を讃美したいのです。

この本で取り上げた人々は、どの人も輝いています。

名古屋の実業家久松貴裕《ひさまつたかひろ》さんは半端ではない幼少期を送りました。一時は裏街道まっしぐらでしたが、内観《ないかん》によって自分を取り戻し、実業家として見事に転進されました。自分自身辛い青少年期を経たので、今は若い経営者たちに的確なアドバイスをしておられます。

実業家を引退され、悠々自適の老後を送っておられる清水貞一《ていいち》さんも、ＮＨＫの看板記者で、その後退社してノンフィクション作家となった柳田邦男さんも内観によって、遠回りした道のり以上のものをつかまれ、自己実現されました。

柳田さんは航空機事故、医療事故、災害、戦争などのドキュメントや評論を数多く執筆され、後世に名が残る作家になりました。それらの作品が単なるドキュメンタリーを超えて人間の深層心理を活写して多くの読者の共感を得たのは、内観を通して人間の心の闇を直視されたからではないかと思います。

ヒマラヤにトレッキングに行った大西麻由《まゆ》さんは、

「私はまだやり残したことがある！」

と歌手になってステージで歌うことに挑戦し、見事になし遂げ、躍進中です。

国連平和維持活動でカンボジアに派遣された高山良二さんは再びカンボジアに舞い戻り、十七年間、地雷撤去に邁進《まいしん》しました。苦境に陥ったとき、

「このまま終わってたまるか！」

と奮起して立ちはだかる壁を乗り越えました。そして七十二歳の今もなお現役で、第二の青春を謳歌《おうか》しておられます。

あるいは林敦司《あつし》先生は教育の現場で、子どもたちが目を輝かせるのは、苦境を乗り越えてついに一業を達成した偉人たちの話だと言われます。偉人たちの輝かしい成果を子どもたちに還元し、奮起をうながしておられます。

脳溢血で倒れて左半身が麻痺し、苦境に陥った公認会計士の西尾行正さんは、坂村真民《しんみん》さんの「タンポポ魂」の詩「踏みにじられても／食いちぎられても／死にもしない／枯れもしない／その根強さ／そしてつねに／太陽に向かって咲く／その明るさ／わたしはそれを／わたしの魂とする」に励まされて苦境を乗り越え、社会復帰を果たしました。いまは西尾さんが奮闘してきたことが同じ病で苦しむ人々を励まし、希望の光となっています。

次家誠さんはパン作りの最中事故に遭い、頚椎《けいつい》を損傷して車イス生活になりました。でもめげませんでした。ようやく指が二本だけ動くようになった手で友達にハガキを書き送り、「幸せのおすそ分け」を始めました。ハガキをもらった人々は、

「へえ、指が二本動くようになっただけでも、こんなにうれしいもんなの」

と驚き、感謝することの大切さを知りました。

日豪の国際結婚をしたパーカー智美さんはオーストラリア人の夫フィリップさんや姪たちの目を通して、日本文化の良さを再発見し、とうとうフィリップさんは日本に永住することにしました。そのようにどの人も自分の人生の主人公となって輝いておられます。

ここに取り上げた人々は自分の苦境を乗り越えることによって、私たちに「人生の応援歌」を歌ってくださいました。

さあ、これらの人々に励まされて、それぞれに与えられた可能性を花開かすべく、頑張ろうではありませんか。

目次

装　幀――フロッグキングスタジオ
帯写真――©C.O.T／a.collectionRF／amanaimages

第一章

内観によって蘇ったいのち

——自分の人生の主人公となった久松貴裕さん

◉「抱っこの宿題」が子どもたちに与えた波紋

広島県のほぼ中央に位置する世羅《せら》町は地元産のワインもあり、六次産業化が進んだ豊かな農村です。その世羅小学校の一年生のクラスで、担任の先生が「抱っこの宿題」を出し、みんなにこう説明しました

「さあ、今日はすてきな宿題を出しますよ。今日は家に帰ったらお母さんから抱っこしてもらいなさい。家におじいさん、おばあさんがいたら、お二人にもお願いして抱っこしてもらってね。お父さんがお勤めから帰ってこられたら、お父さんにも抱っこしてもらうのよ。そして抱っこされたら、どんな気持ちだったか、それを作文に書いていらっしゃい」

普段出たことがない「抱っこの宿題」という作文の宿題が出たから、クラスは「わあっ」とどよめきました。でもまんざらでもなさそうです。みんなお父さんやお母さんに抱っこされている自分の姿を想像して、はしゃいだり、照れたりしています。ホームルームが終わると、スキップを踏むかのように、楽しそうに出ていきました。

翌朝、みんなが鬼の首を取ったかのように大喜びで提出した作文は、家庭における

親子の情愛を見事に書き写していました。例えば次の作文です。

「せんせいが、きょうのしゅくだいは、だっこです。みんながいえにかえったら、りょうしんにだっこしてもらって、そのときのじぶんのきもちをかいていらっしゃいといわれました。そんなしゅくだいははじめてだったからおどろきました。でもうれしかったです。だって、だっこしてもらうこうじつができたんだもん。いそいでいえにかえって、おかあさんにおねがいしました。

『だっこのしゅくだいがでたんだよ。しゅくだいじゃけん、だっこして』

そういったら、せんたくものをたたんでいたおかあさんがおどろいてたずねました。

『そうなの、だっこのしゅくだいがでたの。おもしろいしゅくだいね。だったらだっこしてあげましょう。さあ、いらっしゃい。ママのひざにのって』

そういってぼくをだきしめてくれました。おかあさんにだきしめられていると、あまいにおいがして、ぼくのからだもぽかぽかとあったかくなって、とってもうれしかったです。

『けんちゃんはいい子だね。ママのほこりなんだよ』

といって、ぼくをなでなでしてくれました。

つぎはちいちゃいばあちゃんです。ちいちゃいばあちゃんとはおかあさんのおかあ

さんです。おかあさんがちいちゃいばあちゃんに、

『だっこのしゅくだいがでたからだっこしてやって』

と、たのんでくれました。ちいちゃいばあちゃんがぼくをだきしめて、

『おおきゅうなったのう。どんどんせがのびるね。もうすぐおばあちゃんをおいこすかな』

とあたまをなでてくれました。とってもうれしかったです。

つぎはおおきいばあちゃんのばんです。おおきいばあちゃんとはおとうさんのおかあさんです。おおきいばあちゃんはぼくをだきしめて、もちあげようとして、

『おもとうなったのう。もうもちあげきれんようなった』

とおどろきました。そういわれてうれしかったです。

さいごはおとうさんでした。おとうさんはぼくをだきかかえて、どうあげをしてくれました。くうちゅうにからだがふわっとうかんだので、うちゅうひこうしみたいできもちがよかったです。そしてぼくをおろすと、こんどはしっかりだきしめてくれました。おとうさんのからだはでっかくて、がっちりしていました。

だっこのしゅくだいがでたから、かぞくみんなに、だきしめてもらえました。

だっこのしゅくだい、またでたらいいな」

家族のみんなに抱きしめられて、幸せいっぱいな様子が伝わってきます。父や母やおばあちゃんのぬくもりの中で、どんなに自分が大切にされているか、実感したのでしょう。それが無条件で伝わってきます。

そこで子どもが得るものは、自分という存在が愛されているという確信です。そこから来る自分への自信が〝存在感〟に発展していきます。

この先生の「抱っこの宿題」というアイデアは広島県から各県へどんどん広がっていきました。この先生はよくぞ「抱っこの宿題」を出してくださったものです。親の愛について百の言葉を尽くして語るよりも、一回抱きしめることのほうがずっと実感できます。全国に広がっていった理由がわかるような気がします。

◉「何があっても、何がなくても、お母さんはへっちゃらなのです」

次の柏木満美《まみ》さんの詩は、母という存在が私たちの心に大きな安定感を与えてくれていることをまざまざと知らせてくれます。柏木さんは子どもに投げかけている母のまなざしを描写することにおいて卓越した才能を持っておられ、多くのファンに支持されているフェイスブック詩人ですが、次の「心の中に」と題した詩も私たちに母親のまなざしを実感させてくれます。

心の中に
この子たちが
今も　このままの姿で
いつづけてくれているから

何　があっても
何　がなくても
お母さんは　生きていけるのです
へっちゃらなのです

この詩には波打ち際で、兄は砂を掘ってお城を造り、弟は浮き輪をつけて遊んでいる情景の写真が添えられています。そんな兄弟二人に満美さんは「何があっても、何がなくても生きていけるのです。へっちゃらなのです」と詠《うた》っています。

この詩を読むと、母が私たちの知らないところで、世の荒波の防波堤になってくれていたこと、自分が母のそんな庇護《ひご》の下にあったことに気づかされます。一人ひとりのいのちはこういう母の愛の中ではぐくまれているのです。

子ども時代、一番大切なのはこの信頼感が醸成されることです。自分は親や兄弟から愛されており、かけがえのない存在なのだと無意識のうちに自覚したとき、人生に肯定的に取り組めるようになります。その意味で幼児時代、親は子に生きる希望や生きる力といった、もっとも基本的で、しかも決定的なものを与えるのです。

しかし世の中ではこういう温かい親子関係だけがあるわけではありません。中には涙なしでは聞けない幼少期を過ごした人もあります。

次に紹介するのは愛知県半田市で、各種生産設備の設計製作、施行をする真永《しんえい》工業株式会社を営んでいる久松貴裕《ひさまつたかひろ》社長のストーリーです。真永工業は現在では大手自動車メーカーにも生産設備を納入するなど、確かな技術力を持つ中堅企業に成長しています。

◉「ぼくを捨てないで！」——声にならなかった叫び

「たかひろは母さんが死んだら悲しい？」

お母さんは必死の形相をして自分の胸に包丁を突きつけ、貴裕君に訊きました。まだ五歳にもならない貴裕君の体は恐怖で凍りつき、母にしがみついて泣いて止めました。

「お母さん、死んじゃいやだ！　ぼくをひとりにしないで……」

泣きじゃくる貴裕君を抱きしめて、お母さんは微笑みました。お母さんは十七歳で貴裕君を産みましたが、結婚はわずか九ヵ月で破綻し、その後女手ひとつで貴裕君を育てました。しかし、若すぎる母親が独りで生きていくことは容易ではありませんでした。自分は息子に本当に必要とされているのだろうか、それを感じ取りたい、それさえ感じ取れれば、それを生きる力にもう一度頑張れると思いました。

そこで自分に包丁を突きつけて自殺を装ったのです。

母親のそんな複雑な心境を幼い貴裕君が理解できるはずもなく、貴裕君は泣いて必死に止めました。それを見て母親は、自分は必要とされているんだと確認できました。あの修羅場で微笑んだのはそういう理由だったのです。あまりにも悲しい出来事でした。

それに追い打ちをかけるように更なる破局が、貴裕君が小学校五年生のときやってきました。放課後、友達と一緒に校庭で遊んでいると、突然お母さんがやってきて告げました。

「母さんはこれから遠くへ働きに行かなければいけないから、お別れに来たの。これからはおばあちゃんの言うことをよく聞いて、いい子でいるのよ」

青天の霹靂《へきれき》です。貴裕君は凍りつきました。

（えっ！　お別れ？　ぼくを置いて行っちゃうの？　そんな！　ぼくも連れていって！）

と言いたかったけれども、喉まで出かかった言葉を言えずに呑み込みました。

お母さんはお別れを告げると、キャリーバッグを引いて、駅の方に去って行きました。貴裕君は呆然と立ち尽くしたまま、トボトボと去っていくお母さんの後ろ姿を見送りました。

その日以来、貴裕君の感情は消えてしまいました。何をやってもおもしろくありません。捨て鉢になり、ありとあらゆる悪さをし、非行少年の仲間に入りました。周りの生徒を脅してカツアゲし、先生を殴り、手も付けられないほど荒れ狂いました。心の中にはいつも、

「ママ、どうしてぼくを連れていってくれなかったの」

という叫び声がリフレインしていました。その母は十七歳のときに連絡が取れなくなり、完全に独りぼっちになりました。孤独感に苛《さいな》まれ、寝ていてもうなされ、真夜中の三時ごろにハッと目が覚めてしまいます。気がつけばびっしょりと寝汗をかいていました。

(ああ、また悪い夢を見てしまった……。周りからこんなに邪険にされるんだったら、生まれてこなければよかった！）

後悔しきりです。

(思えば、俺のうちは複雑な家庭だった……。ああ、普通の家庭に生まれてきたかった……）

自分の境遇を嘆いて溜め息ばかりが出ます。貴裕さんの悪行はひどくなるばかり。肩をいからせて繁華街をのし歩き、背中には刺青を入れて粋《いき》がり、裏街道をひた走りました。ドスを振りかざして渡り合い、やくざにピストルを突きつけられたことも一度や二度ではありませんでした。

そのうちに、こんなことばかりやっていても意味がない、それよりもひとかどの実業家になり、自分を捨てていった母親から、

「貴裕、あんたはすごいね。こんなにビッグになったの！」

とほめてもらいたい一心で、まじめに働き出しました。機械器具を作ることが得意だったので、その分野で大を成すべく、平成十三（二〇〇一）年、二十二歳で久松興行を立ち上げました。これを改称して、真永《しんえい》工業株式会社としました。

当初は貴裕さん自身も未熟だったので、雇うことができたのは半端者のチンピラば

かり。仕事はするけど、社員同士の喧嘩が絶えません。そんな社員を引っ張って、自分の心の隙間を埋めるようにがむしゃらに働き、業界の一角に食い込みました。

◉心に巣食うゴジラの雄叫び

二十五歳で二歳年上の女性と結婚しました。しかし、奥さんは貴裕さんに頼りがいのある父親を求め、一方貴裕さんは、自分を捨てていった母親の傷を埋めてくれる愛を求めるので、次第にすれ違ってしまいました。夫婦それぞれが相手に依存し、相手から何かを得たいと思っているので、楽しいはずの新婚家庭がなかなかうまくいきません。それでも貴裕さんは奥さんや二人の子どもに、

「パパはすごい」

と言ってほしくて、ますます仕事に没頭しました。

ところが一度すれ違った関係はなかなか元に戻りません。貴裕さんが夜遅くまで働き、くたくたになって帰宅すると、「自分にちっともかまってくれない」とむくれた奥さんが待っています。それがきっかけで喧嘩になり、激しい口論をくり返しました。

幼いころに得られなかった温かい家庭を築きたいと思っているのに、現実は争いば

かり。どうしてこうなってしまうんだと情けなくなり、気がついたらまた暴力を振っていました。

夫婦喧嘩が始まると、奥さんは包丁を振り回し、子どもたちは泣き叫びました。ある夜、喧嘩の末に、奥さんが警察を呼んだので、駆けつけた警察官は二人を引き離し、長女は児童相談所に預けました。出された調停案は、夫婦別居と離婚でした。事業は年商一億円を超え、順調に伸びているというのに、家庭は破綻し、とうとう三十六歳で離婚してしまいました。

貴裕さんは当時をふり返って、苦渋を語ります。

「温かい家庭を築きたい、やさしい夫でありたいと思っているのに、現実は反対の方向に進んでしまうんです。いったい何が俺を狂わせてしまったのか。これから先、どう生きていったらいいのか、まったくわからなくなり、暗澹《あんたん》たる気持ちでした。

自分の中に手に負えないゴジラが巣食っていました。それが暴れ出すと手がつけられなくなるんです」

と、まったくの八方ふさがりだったと述懐します。

「そのゴジラはとてつもない破壊力があります。そのパワーが事業のほうに向けられると、どんな難関も突破して業績を拡大していきますが、方向を間違うと取り返しがつかないことになりかねません。自分の力を正しい方向に向けなければ自滅してしまうことは、誰よりも自分自身が感じていました」

そのうち十人の社員で一億五千万円売り上げるようになりましたが、それ以上にはなかなかなれません。何かが変わらなければ、その現状を突破できません。貴裕さんの中で、変わろうとする気持ちが大きくふくらんでいきました。

◉深層心理に分け入って、自立を模索する

そんなころ、ある友人が貴裕さんに声を掛けてくれ、助け舟を出してくれたのです。「俺の知り合いにおもしろい人がいるよ。表面的な人間関係の改善を指導するのではなく、深層心理まで入り込み、俺らのいのちのルーツである親子の関係を正すことから自己実現を図り、人間関係を向上させているんだ。会ってみるか」

紹介してくれたのは、株式会社フォスターの榎本計介《えのもとけいすけ》社長でした。フォスターは人材育成、幹部社員育成、社員教育に卓越し、「十年で十倍を目指す経営道場」だといいます。会ってみると、榎本さんは久松さんに輪をかけたようなエネルギッシュな人でした。

榎本さんはわずか十坪のおもちゃ屋からスタートし、株式会社いまじんを年商二百三十億円の玩具・書籍チェーンへと成長させました。そしてかねてから宣言していたとおり、五十歳を機に会社を後進に譲り、自分自身は新たに能力開発、人材育成を行う会社フォスターを立ち上げ、人材育成に注力しました。

プライベートではトライアスロンに挑戦し、佐渡国際トライアスロン大会に出場する一方、素早い動きが求められるヒップホップダンスも踊りこなすなど、信条としている「絶対積極」が服を着て歩いているような極めて気さくな人でした。

久松貴裕さんは榎本さんが主宰する自己実現のためのＥＳＪプログラムに参加しました。テキストは、ヴォイス社から出版されているチャック・スペザーノ博士の『傷つくならば、それは「愛」ではない』（ＶＯＩＣＥ）というビジョン心理学の本でした。チャック・スペザーノ博士はハワイ在住の心理学者で、心理学とスピリチュアリティ（霊性）を統合した実践的・療法的な心理学を提唱されています。

この本を一ページずつ読んで、そこで問われている設問に答え、それを毎日榎本さんにレポートとして送ります。毎日の課題をこなすのに少なくとも二時間はかかりましたが、自分の現在の行動には母とのことが投影されていることに気づかせてくれ、そこから脱却する方向に導いてくれるので、大きなやりがいがありました。

レポートを書くという作業は一種の内観で、自分自身を見詰める真剣な作業です。レポートを書きながら、「幼くして父や母を失ったことから、自分も妻子を失うのではないかと恐れ、無意識に彼らを束縛し、コントロールしていた」ということに気づき、それが夫婦喧嘩の大きな理由だったことを知りました。コントロールされると誰でも息苦しくなり、そこから脱出し自由になりたいと思うから、あらがい、喧嘩するのだというのです。まったくそのとおりでした。

また、貴裕さんは母と離別した後、祖母に育てられましたが、祖母は内縁の夫と同棲しており、複雑な環境だったのでいろいろな問題が起き、息苦しさを感じました。貴裕さんは雰囲気を変えようとしてピエロ役を演じ、祖父母の笑いを取り、場を和ませようとしました。しかしピエロを演じても、本質的な問題は何一つとして解決されませんでした。結局は疲れと虚しさだけが残り、何にも解決できていないという無価値感に苛まれました。

そこでピエロを演ずることを止めました。すると物事の本質が見えてきて、本当の解決に向かう努力をするようになりました。これは大きな成果でした。

◉ついに母と和解した！

久松さんからメールで毎日送られてくるレポートに新しい兆《きざ》しを感じた榎本さんは、彼にこう切り出しました。

「そろそろ母親に会ってみたらどうだ。過去の呪縛《じゅばく》が解けるかもしれないぞ」

母に会いたいという気持ちを持ち続けていた久松さんにとって、その提案は願ってもないことでした。そこで三十六年に及ぶ母への思いを長い手紙にしたため、名古屋に住んでいるという母親に会いに行きました。

記憶の中では二十代のままの若い母でしたが、再会してみると、髪に白いものがちらほら交じっている五十代後半の女性でした。お母さんは久松さんから手渡された手紙を読みながら、泣きました。その母を見つめて、久松さんも嗚咽《おえつ》しました。そしてそれまでのことを分かち合った後、久松さんは母にずっと言いたかったけれども言えずにいたことをお願いしました。

「一度でいいからぼくを抱きしめてほしい」

お母さんは涙を拭いて、「うん」と言ってやさしく抱きしめてくれました。小学五年生のときに出ていった母、しかし久松さんを心配して一度は帰ってきたものの、また久松さんの前から姿を消した母。それがショックで、幾日も落ち込んだ久松さん――。

ひどい母だったかもしれないけれども、母からそっと抱きしめられたとき、久松さんは心の中のわだかまりが解けて流れていくのを感じました。

（母がぼくを捨てて家を出ていったころ、母はまだ二十代と若くて、精一杯だったんだ。女手ひとつでよくやってくれたと思う。そんな母に多くを期待して、これ以上の重荷を負わしちゃいけない。もう許そう。いや、許すというよりもむしろ感謝すべきだ）

そう思うと、久松さんは母が心の中で昇華していったように感じました。それに母親から卒業証書をもらった気持ちになりました。

（ああ、これで俺も社員たちに愛を与えられる人間になれるな。これまで社員たちを怒鳴り散らし、恐れられていたけど、自分に余裕がなかったから、あんな態度を取ってしまっていた。ごめんな、みんな。俺を許してくれ）

久松さんはようやく、心から晴々とした気持ちになりました。

母から捨てられたと思い、一時は自暴自棄になってしまったけれども、母との関係は修復できました。遠回りはしたけれど、そのお陰で人の気持ちがわかる繊細な感情が育まれ、「内なるゴジラ」に大変な突破力を与えてくれていました。すべて相働きて、益となっていたのです。

◉〝ろくでなし〟と軽蔑していた父と和解できた！

母とのわだかまりが解け、父親とのことを振り返ってみる余裕が生まれた久松さんは、今度は父を探して会いに行きました。三十六年のあいだ心に蓋《ふた》をし、死んだと思い込むようにしていた父でした。

スクラップ会社で働いていた父は年老いて小さく縮こまっているようで、話をしても何の感興も湧いてきません。フィリピン人の女性と同棲しているらしく、そのことにも失望しました。会っても仕方がない、会うのは今回限りにしようと思いました。

榎本さんにそう伝えると、榎本さんは「もう一度会うべきだ」と言います。思い直して、また会いました。会うたびに父はいろいろな話をしてくれました。

父はあるとき、貴裕さんを遊びに連れていこうとしたら、誘拐されると恐れた母親が警察に通報し、補導されたことがあったと話してくれました。そんなトラブルがあったので、父は貴裕さんにもう会わないように決心したというのです。

久松さんは、「父は能天気な性格で、自分には関心がないんだ」と思い込んでいたけれども、本当は会いたい自分を抑えていたと知りました。そのことからまったく違う父の姿が見えてきて愕然《がくぜん》としました。会っても仕方がないと思っていた父は自分の寂しさをごまかすために陽気に振る舞っていたのです。

三回目、四回目と回を重ねるごとに、父は自分の本当の姿を見せるようになりました。四回目は久松さんを家に上げてくれ、照れながら、

「この部屋にお前と母さんが住んでいたんだ。この部屋にはお前たちの思い出が詰まっているんだよ」

と、当時のまま残してあった部屋を見せてくれました。古いソファ、壁掛け、柱時計などなど、久松さんは信じられませんでした。

（ええっ？　ぼくには関心がなかったんじゃないの！　父は能天気におもしろおかしく暮らしていたんじゃなかったの！）

父は久松さんが生まれた昭和五十三（一九七八）年七月十九日に書かれた日記を見せてくれました。

「指が五本まともにくっついていた！」

などと、息子が生まれた喜びが記されています。久松さんは心の底から突き上げるような感動を覚え、

「生まれてきてよかったんだ！」

と思いました。それまでは、生まれてきたことに対してどうしようもない罪悪感があったのです。

家庭が崩壊し、千尋《せんじん》の谷底に突き落とされたように思っていたけれども、父は息子が這い上がってくるのをずっと待っていてくれたのです。無関心などころか、息子が幸せになってくれるように、陰ながら祈っていたのです。それを知った久松さんは脳天をハンマーで叩かれたような衝撃を受けました。そして穴があったら入りたいほど恥ずかしく思いました。会っても仕方がないと見下していた自分こそ、見下されても仕方がないと反省しました。久松さんは父の手を握って、

「ごめんなさい、誤解していました、許してください」

とお詫びしました。お詫びすると、涙が吹き出ました。泣きじゃくる久松さんを父は抱きしめて、肩越しに語りかけました。

「もういい。泣くな。過去の済んでしまったことだ。これからいい家庭を築けよ。お前は大変な力を授かっているんだ。事業ももっともっと伸ばしていけるはずだ。

自分を信頼するんだ。そして社員をもっともっと幸せにしろよ」

いい加減な人だと思っていた父親の口から真面目な話が飛び出したのでびっくりし、心を動かされ、涙が自然と溢れてきました。涙と鼻水でぐちゃぐちゃになった顔を拭いて、久松さんは父親に約束しました。

「随分と遠回りしたけど、やっと自分の足で大地に立てた気がします。父さん、俺のいのちの半分は父さんから受け継いだものです。このいのちを使って思う存分のことを仕上げます。社員たちの幸せは、俺の双肩《そうけん》にかかっています。見ていてください。貴裕はお父さんの誇りになります」

「俺は真永工業の〝おとん〟になる！」と公言していた久松さんは今度こそ本当の意味で、みんなの〝おとん〟になれると思いました。自分のいのちのルーツである父との葛藤《かっとう》がなくなり、久松さんはとても晴れやかな気持ちになりました。

◉年商百億円！　という目標を超えて

久松さんは真永工業が年商一億円を達成すると、次は百億円を目指すぞと豪語しました。自分をビッグに見せ、世の中を見返し、周囲の人たちに称賛されたかったのです。しかし、榎本さんから課題として出された『傷つくならば、それは「愛」ではない』のレポートを書き続ける中で、それは補償行為でしかないことに気づきました。

がむしゃらに働いて企業を大きくしなくても、あるいは何らかの形で自分を誇示しなくても、人々に喜んでいただくことができれば、自分の存在意義も満たされることを知りました。また、売り上げは顧客の信頼に応えていることを数字が示してくれているもので、取引先や社会に貢献できているから、利益もしっかり出ているのだとわかりました。これは大きな発見でした。

久松貴裕さん

社長が目くじらを立てて数字を追いかけず、正しい方針を指し示すうち、社内がギスギスしなくなりました。真永工業は年商十億円、経常利益三千万円に達し、毎年一・三倍の成長を続けています。この間、榎本さんは久松さんが長年探し求めていた〝父親役〟を果たしてくれました。

そうした経験を経て、そこで久松さんは現在一企業の経営という次元を超えて、これまでとは違った側面から社会貢献できる道を探し求めています。具体的には榎本さんの心理学——記録内観の一種と言えますが、それによって呪縛から解き放されたので、今は榎本さんの番頭となり、人々が自分の殻を破るお手伝いをしています。

私が久松さんにこんなプライベートな話を書いてもいいですか？　と念を押すと、「全然かまいません。どうぞお書きになってください。こんな辛い過去を持って傷ついていた者が、今は立派に立ち直って自分の人生を堂々と歩いていると知っていただければ、それらの方々が少しは励まされ、前向きの気持ちになっていただけるかと思います。そうすれば、私の恥ずかしいような過去もお役に立ったと言えます。

お互いにたった一回しかない人生だから、それぞれの人々を開花させる手伝いができればこれ以上の喜びはありません」

という返事が返ってきました。いやはや、久松さんの、どこまでも人々のお役に立ちたいという姿勢には頭が下がりました。

◉内観を通して父の本当の姿が見えてきた！

久松さんの例が示しているように、内観は親がどんなに未熟で、いびつな親子関係しか持てていなくても、修復できるということを示しています。客観的に見て、冷たい親だったとしてもそれはそれで許し、小さな出来事の中に親の気づかいを発見し、幸せな気持ちになると、景色が全然違って見えてきます。

「いや、俺の場合は違う。あんなろくでなしは親とは思わない。思い出したくもない」

と、けんもほろろに吐き捨てている人でも、内観して父親とのかかわりを子細に検討すると、親の小さな行為の中に自分への温かい配慮を発見して、涙、涙になるのです。

内観で聞き役に徹する面接者は内観者に念を押します。

「親の恩は山よりも高く、海よりも深いなどといった抽象的なことではなく、具体的な出来事を思い出しなさい。その出来事の背後にあった親の事情や気持ちを探るんです。

私たちは子どもの自分の側からしか見えていないことが多いのですが、そのとき親には親の事情があったに違いありません。それを推察するのです」

一週間の集中内観では、襖《ふすま》で囲まれた一畳ほどの狭い空間で、ずっと思いを凝らして父母とのことを見つめます。そうすると意外な発見があるのです。

医療機関の経営支援や商業施設の企画開発、それに健康関連事業を行っている株式会社ナショナルトラストを経営している瀬戸山秀樹さんは、父親をずーっと恨んでいました。

「私の家は貧乏でした。それも父が肺結核で入院していて働けないからで、それが不満でした。それに、父はなぜ私を抱いてくれないんだと寂しかったんです。母は夜も寝ずに働いてくれたけれども、女手ひとつではどうすることもできません。食べていけないので、しばしば私たちを実家に連れて帰っていました。

私は実家で従弟《いとこ》たちと元気いっぱい遊んでいましたが、父親は家族と離れ、独りサナトリウム（結核療養所）で暮らしている辛さには思いは全然及びませんでした。それどころか、酒造会社を経営し、県会議員としてもバリバリ仕事をしている従弟たちの父と見比べ、病弱で情けない父だと見下し、敬愛の念が欠落していました。

ところが友人に勧められて内観してみて、父親が立たされていた事情に理解が及び、ある日ハッと気づきました。

父は万一にも幼い息子が感染したらいけないと思い、私を抱けなかったんじゃないか！　息子を抱くまいと自制していたのは、父の思いやりだったのではないか！

私は自分が父親になってみて、かわいい盛りの息子を抱けないことがどれほど切ないことかよくわかりました。そんなことにも気づかず、私は自分勝手に父を恨んでいたなんて、何と罰当たりな息子だったんでしょう。私は畳に額をこすりつけてお詫びしました。するとそれが嗚咽《おえつ》に変わり、泣きじゃくりました。そんな私の背中を今は亡くなっていない幻の父が、

『やっとわかってくれたか……もういい、もういい。泣くんじゃない』

と、さすってくれているような気がしました。そのことを思い出すと、今でも涙が止まりません」

瀬戸山さんにとって、内観は父親との絆を取り戻してくれたのです。

「内観によって私は他人に対して寛容になり、怒ることがなくなりました。心の中にいつも喜びを抱いているようになったので、穏やかになりました。それが家内の一番の驚きでした」

古人の言葉に「喜神《きしん》を含む」とあります。心の中にいつも喜びを抱いていると、その人の運勢は自ずから上昇気流に乗って向上するといいます。瀬戸山さんは父親に対するしこりが解け、新しい心境に進んだようです。

瀬戸山さんの内観は拙著『安岡正篤《まさひろ》 人生を拓《ひら》く』（講談社）に詳しく書いているので、それを参照してください。人間の深層心理についての理解がいっそう深まると思います。

瀬戸山さんは久松貴裕さんをよくご存じで、千尋《せんじん》の谷底からよくぞ這い上がってきたものだと感心します。久松さんが自分を取り戻し、自分の人生の主人公となるのに、内観が大きな役割を果たしていると知って、「さもありなん」と大きく相槌を打ちました。

自分の人生の主人公になってこそ、思う存分働けます。内観によって心のしこりを取り去り、天馬空をゆくがごとき人生を歩まれることを願ってやみません。

第二章

内観がもたらした喜びの新生
――自分の傲慢さに気づいた清水貞一さん

◉鬼の専務と呼ばれていた人

「私がお手伝いした八千名あまりの内観者の中で、清水貞一《ていいち》さんは最深の内観をした人です」

と語ったのは、栃木県さくら市喜連川《きつれがわ》町にある瞑想《めいそう》の森内観研修所の前所長、故柳田鶴声《かくせい》先生です。お名前のように鶴のようにほっそりしたお体で、多くの人の魂の産婆役をされました。柳田先生は昭和五十六（一九八一）年に瞑想の森内観研修所を開き、十六年間所長を務められました。

清水貞一さんとは、柳田先生から瞑想の森内観研修所を引き継いだ清水康弘所長の父親です。そこで貞一さんの経験した内観をふり返り、内観が持つとてつもない可能性を見てみましょう。

清水さんは兄と一緒にプラスチック加工の株式会社第一レジン工業を立ち上げ、専務として会社の牽引《けんいん》役をしてきました。第一レジン工業は当初下請けでサインペンや機内サービス用のコップ、人工透析装置内の容器などを製造していました。そのうち自社で開発した「カラー竹馬」が文部省（現・文部科学省）認定の体育教材として全国の小学校で採用されたこともあって大ヒットし、急成長しました。

当時四十八歳の清水専務は第一レジン工業を一部上場企業にすべく、朝礼では貫徹ハチマキを締めて、拳《こぶし》を突き上げて「ガンバロー」と陣頭指揮し、社員を引っ張っていました。社員から「鬼の専務」と恐れられ、専務の声が聞こえただけで、社員の背筋がシャキッと伸びたほどです。清水専務はやる気のない給料泥棒のような社員の精神を叩き直さないとても一部上場は果たせないと、先頭を切って走っていました。

そんな昭和五十七（一九八二）年四月十一日、NHK教育テレビ『こころの時代』で、内観の創始者吉本伊信《いしん》先生のインタビューが放映されました。会社をよくしよう、社員のやる気をもっと引き出そうと苦慮していた清水専務はとても感じるものがあり、さっそく奈良県大和郡山にある内観研修所に電話し、二十日後に迫っているゴールデンウィークに内観させてほしいと申し込みました。でもすでに満員で、空きがありません。

「廊下でもどこでもいいから、内観させてほしい。寝袋を持参しますから」

と頼み込みましたが、駄目でした。粘っても粘っても返事は同じです。吉本先生はその熱心さに感心し、清水さんのことを尋ねました。

「ところで遠くから電話してこられたようですが、どこにお住まいですか？」

「栃木県です」

「栃木でしたら、柳田鶴声先生が喜連川町で内観研修所を開いておられます。そちらで内観されることをお勧めします。とても深いものを持っておられて、私も尊敬している方です」

そう言われて、やむなく瞑想の森で内観することにしました。

清水専務は内観を通して何かをつかめば、社員をやる気にする方法が授かるものと思っていましたが、明けても暮れても父親のことや母親のことについて内観が続き、会社の改善や売り上げ向上のことなどさっぱりやりません。

（こんなことばかりやっていて何になるのか）

焦るばかりです。早く会社を向上させる方法を教えてほしいと思うものの、相変わらず親のことばかりです。五日目にはとうとうしびれを切らして、柳田所長に食ってかかりました。ところが柳田所長は相変わらず飄々《ひょうひょう》として、

「それでは疑問点については就寝時間の後に伺いましょう。それまではしっかり内観を続けてください」

と答え、取りつく島がありません。清水専務は疑問点を全部書き出して、夜を待ちました。

面談が始まると、堰《せき》を切ったように不満をぶちまけました。柳田所長は内観研修所を開く前は、東京で商品の先物取引をする株式会社小林洋行を経営していたので、清水専務が悩んでいた会社経営のことはよくわかります。話は清水専務の父親が高校生のころ亡くした父親のことに及びました。
「お父さんは早くに父親を亡くされたので、葬式後は母親とあなたの父親と弟妹の四人が残されたわけですね」
「――」（フン、そりゃそうだろう。母と子どもたち三人に決まっているだろう。わかったようなことを訊くな）
「お母さんは新たに家長になったあなたの父親に相談して、物事を決めていったんでしょうね」
「――」（そりゃそうだ。父が跡を継いで、大黒柱となった。田舎の農家というものはそういうもんだ）
「すると、あなたの父親は高校生の時分にはすでに大変な重荷を背負っておられたんですね。つまり同じ高校生でも、あなたとあなたの父親とでは背負った重荷がまるで違ったんですね」
そう言われたとき、清水専務はショックを受けました。

（何だって！　父は俺の何倍もの重荷を背負っていたんじゃないかって？　父親の苦労はあまりわかっていなかったんじゃないかって？　ウーン……）

貞一さんは考え込んでしまいました。

（俺はこれまで誰よりもよくやってきたと思っていた。人に後ろ指を指されるようなことは何もしていない。誰よりも不満を言わなかった。いつも仲間たちの世話をやいていて、村一番の孝行者だと言われていたんだ。

これまで自信満々でやってきたけれど……、何かとてつもない勘違いをしていたのではないかという気がしないでもない……）

そう思ったら、これは真剣に内観して、もう一度自分を見つめ直さなければいけないと思いました。

「柳田先生、内観を続けます。これからは真剣に打ち込みます」

と、六日目からは真剣に取り組みました。

◉生かされている深い喜びが湧いてきた！

すると正しいと思っていた自分、頑張ってきた人間だと思っていた自分がひっくり返り、逆に傲慢《ごうまん》だった自分が次々と見えてきました。

(俺は自分が正しいと思い込んで人を責め、追い詰めていたのではないか……。

これまで自分を正当化して、省みることすらしなかった……。

相手を責めるのは、それがそいつのためだと思っていた……)

そう思うと、誰よりもやり手だと自信を持っていた自分の〝独りよがり〟が見えてきて、あまりの恐ろしさに両の手が震えだしました。思い出すことをノートに書き出そうとしましたが、ボールペンを持つ手が震えて書けません。気分を抑えようと、外に出てタバコを吸おうとしましたが、手が震えて火が点けられません。

再び部屋に帰って屏風の中に座ったけれども、四十八年間、間違ったことをしてきたのではないかと思うと恐ろしくなって、じっとしていられません。外へ飛び出し、庭を駆け抜けて、七千坪もある敷地の端にある小さな池のほとりに出ました。ところが震えががたがたと止まらず、ため込んだものを一気に吐き出すように、池に向かって声の限りに叫びました。

「俺はなんて馬鹿だったたんだ！」

全身から力が抜けてセミの抜け殻のようになってしまいました。

「これまであまりに自信過剰で、独りよがりが過ぎ、申し訳ありませんでした」

とお詫びすると、涙があふれてきました。三十分ほど池のほとりで泣いていると、今度は体の奥底から沸々と喜びが湧き上がってきたのです。

(これは一体何なんだ！)

何とも説明がつかない、例えようもない深い喜びが湧いてくるのです。踊り出したいほどの歓喜です。

(こんな自分でも許されている！　まさに生かされているとしか言いようがない)

嬉《うれ》しくて、嬉しくて仕方がありません。自然に笑いがこみ上げてくるのです。周りの木々や草花や鳥たちが、

「気がついて、よかったね」

と祝福してくれているような気がしました。

池の畔から立ち上がり研修所に戻る途中、畑仕事をしている柳田所長夫妻に出くわしました。柳田所長は清水専務を見るなり、

「おお、清水さん、いい顔になったねえ。憑《つ》き物が落ちたみたいだ」

と、写真を撮ってくれました。できあがった写真を見ると、眉間に刻まれていた皺がすっかり消え、柔和な顔になり、笑みが満面にあふれていました。

それまで、こうあるべきだ、こうなければならないと自分を規定し、自分をがんじ

がらめにして窮屈にしていた自縄自縛《じじょうじばく》の縄がほどけたのです。自分を苦しめていたのは自分でした。一つひとつの問題が対症療法的に解決したのではなく、一点が突破されて全面的に解決されたのです。

一週間の内観を終えて家に帰ると、今までと世界が百八十度違って見えました。それまでは遅刻した社員には、

「朝からたるんでいる。そんなことでどうするんだ」

と怒鳴っていましたが、今は今日も来てくれたのかと感謝するようになっていました。それまでは「当たり前」を当然のこととしていたのに、今はありがたくて仕方がないのです。社員に限らず、清水専務を知っている人は顔を見ただけで、

「人相がまるで変わって、すっかり穏やかになりましたね。何かいいことでもあったんですか?」

などと話しかけてきます。清水専務はそれまで胃潰瘍《いかいよう》を患っていましたが、医者は診察して、もう大丈夫、これからは薬を減らしましょうと言ってくれました。そんなことがあって、清水専務は奥さんにもお詫びしました。

「すべては自分が原因だとわかったよ。体も会社もこれでもう大丈夫だ」

それまでは世の中はなかなかうまくいかないものだとついつい渋面《じゅうめん》になっていま

したが、自分が変わるとこんなにもうまく回るのかと驚くばかりでした。

◉内観の実際

内観は奈良県大和郡山の吉本伊信《いしん》先生が、昭和十一（一九三六）年、浄土真宗の修行僧の研鑽《けんさん》の一つである〝身調べ〟を、四度にわたって断食、断眠、断水して遂行《すいこう》し、ついに大歓喜に至って阿弥陀如来の救いを確信したことから始まりました。

吉本先生はそれを僧侶の厳しい修行方法としてではなく、万人向けの修養法として確立しようと、師の駒谷諦信《ていしん》師とともに工夫を重ね、密教の秘密性や苦行性を抜いて、昭和十六（一九四一）年、「内観」として確立しました。

吉本先生はもともと実業家です。シンコールという内装業を手広く営むかたわら、自宅で内観者に座っていただいて指導していました。昭和二十八（一九五三）年、事業から撤退し、大和郡山の自宅に内観道場を建てて指導に専念し、これを改称して内観研修所としました。

吉本先生は内観を広めるため、昭和三十（一九五五）年、教誨師《きょうかいし》となり、全国各地の刑務所や少年院を訪ね、彼らの自立の手助けをしました。ボタンの掛け違いから犯罪に手を染め、社会から締め出しを食らった人々を内観によって立ち直らせたいという一心からでした。

その結果、死刑囚ややくざの親分が改心するなどして大きな成果を上げ、テレビや新聞雑誌で取り上げられ、全国各地の矯正施設が有力な矯正方法として採用するようになりました。

内観は自分の心を直接掘り下げるのではなく、他者を鏡として外から自分を客観視するのが特徴です。よく「内観三問」と言われますが、母、もしくは父に対して、お世話になったこと、してお返ししたこと、さらに迷惑をおかけしたことについて、具体的な事実を調べていきます。抽象的な回顧ではなく、具体的な出来事を思い出し検討します。その具体的な出来事に表れている相手の気持ちを推察し、それに自分はどう反応したか語ります。そこから今まで見えなかったものが見えてくるのです。

◉内観三問で掘り下げていく

私の場合、母とのことを内観しているうち、母が夫婦喧嘩の末、家を出て実家に帰ろうとした出来事を思い出しました。母が泣きながらタンスの引き出しを開け、自分の着物を取り出している姿を見て、小学二年生の私は母が出ていくと思ったので、袖にしがみついて泣きました。妹ももう一つの袖にしがみついて泣きじゃくっています。するると、泣きじゃくる私や妹を抱きしめて、母がこう言ったのです。

「母ちゃんは、かわいいお前たちを捨てては家を出ていけない。お前たちは母ちゃんの命だ。母ちゃんの力なんだ。母ちゃんはここに残る。だからもう泣かないで……」

そう言いながら母も泣いていました。母に抱きしめられながら、私は母の子であることを実感しました。具体的な出来事の中で、親子の絆を再発見していくのが「愛の落ち穂拾い」なのです。

内観はこのようにこと細かく、幼稚園時代、小学校低学年、高学年、中学生時代、高校生時代と年代順に調べていき、現在まで調べます。

一日のスケジュールでいうと、六時に起床した後、洗面、清掃の後、それぞれ屏風で囲った狭い空間で、内観を始めます。食事は研修所の人が各人の屏風のところまでお盆に載せて運んでこられます。食事中は先に内観をやった人たちの録音が流れるので、とても参考になります。そして約二時間おきに、内観研修所の面接者が思い出した内容を聴きにやってこられます。

「ただいまの時間、どなたに対して、いつのご自分を調べてくださいましたか」

それに対して、内観者は三分間から五分間で簡潔に、次のように答えます。

「母に対する中学時代の私を調べました。まずお世話になったことは……。してお返ししたことは……。迷惑をおかけしたことは……」

それを聴き終えて、面接者は次の予定を言います。

「ありがとうございました。それでは次に、お母さんに対する高校時代のご自分を調べてください」

こうした面接が一日、七、八回行われ、トイレと入浴の時間以外は、一日中、狭い空間で根《こん》を詰めて父母とのことを調べます。全館禁煙で、テレビもラジオも視聴しません。もちろん読書や他の人とのおしゃべりも禁止です。緊急の用事以外は電話もかけません。携帯電話は内観を始めるとき預けるので、外部からの雑音は一切入りません。こうして集中しやすいようにします。

母との内観が終わると、次に父、そして配偶者、子どもなど、身近な人に対して調べていきます。ひととおり終わると、再び母、父、配偶者、子どもと、二回目の内観に取り組みます。嘘や盗みについても調べます。こうして一日の内観が終わり、就寝する九時がやってくると、屏風を片づけてその部屋で休みます。消灯の合図があると、結構疲れているからすぐ寝入ってしまいます。

内観は父母との過去のことばかりほじくっていて、ちっとも未来志向ではないのではないかという人もあります。しかしそうではなく、過去の出来事から自分の感性にゆがみを生じていればそれを正し、未来への建設的な姿勢になろうというのです。

内村鑑三に「二月中旬」と題する詩があります。現状は冬景色だが、確実に春の足音が聞こえてくるという詩です。内観はこの姿勢に通じるものがあります。

風はまだ寒くある、
土はまだ堅く凍る、
青きはまだ野を飾らない、
清きはまだ空に響かない、
冬は未だ我等を去らない、
彼の威力は今尚《な》ほ我等を圧する。

然《さ》れど日は稍々《やや》長くなつた、
温かき風は時には来《きた》る、
芹《せり》は泉のほとりに生《は》えて、
魚《うみ》は時々巣を出て遊ぶ、
冬の威力はすでに挫けた、
春の到来は遠くはない。

◉内観の発達の歴史

一週間の集中内観によって、前述したような人々のケースで見られるような劇的な人生観の転換がしばしば起こります。それも誰に教えられるのでもなく、自ら気づいていくので、人間には自ら蘇生する力が備わっていると思わざるを得ません。

吉本先生は集中内観で得た目覚めを日常生活の中でも毎日一定時間座り、継続して内観することをとても重要視されました。集中内観を電柱とすれば日常内観は電流を流す電線のようなものだと言われます。日常内観で思い出したことを克明にノートに書くのを記録内観といいます。前章で採り上げている久松貴裕さんが行った内観は記録内観といえます。

昭和四十（一九六五）年ごろから、福島県須賀川《すかがわ》市の精神科の石田六郎医師や岡山大学神経科の奥村二吉教授が内観に着目し、精神療法として医療界に導入しました。その後、心療内科の草分けである池見酉次郎《ゆうじろう》九州大学教授や、心理学者の佐藤幸治京都大学教授、竹内硬《つよし》信州大学教授、村瀬孝雄東京大学教授、三木善彦《よしひこ》大阪大学教授などによって広められていきました。

内観は心理療法としても効果が高いと評価され、森田療法と並んで、日本発の精神療法として全世界から注目されるようになりました。こうして矯正界、医療界に広がっていき、これらの人々によって、昭和五十三（一九七八）年、日本内観学会が設立されました。

日本内観学会や日本内観研修所協会の牽引者的役割を果たしている清水康弘所長はこう語ります。

「吉本伊信先生は内観を『懺悔《ざんげ》の極みが感謝の極みに連なる体験』と表現されています。申し訳なかったという思いが強くなればなるほど、感謝の気持ちが押し寄せてきます。私の師である柳田先生はこれを『愛情の落ち穂拾い』と呼んでおられました。

内観を始めても一向に開けず、次第に追い込まれていき、自分の悪さを認めたくなくて葛藤し、それではいけないと煩悶《はんもん》するなど、その過程ではいろいろな思いが錯綜しますが、時間とともに熟成されていきます。そして最後は人生をひっくり返してしまうほどの気づきへと発展していきます。内観は通常一週間時間を取りますが、再生の気づきに至るにはそれぐらいの時間が必要です」

清水所長は内観者の面接を始めたのが平成七（一九九五）年四月、研修所を引き継いだのがその二年後の平成九（一九九七）年四月で、もう六千名ほど内観者の面接をされています。

現在、日本には内観研修所は十五、海外はドイツ、スイス、オーストリアなどに三つほどあります。その有力な研修所の一つである瞑想の森内観研修所は『季刊　内観』を発行し、内観者たちの声を広く伝えています。

◉継母への反抗から来た自殺願望

平成十六（二〇〇四）年四月一日発行の『季刊　内観』第十六号には、四十一歳になる角川哲哉さん（仮名）が継母と葛藤があって、ずっと自殺願望に苦しんできた手記が載っているので、要約して伝えます。

角川さんを産んでくれた母は幼稚園生のときに亡くなり、小学校二年生のとき、父が再婚し、新しい母がやってきました。しかし、気丈な母とは父も祖母も姉も打ち解けることができず、角川さんは産んでくれた母を思って夜中、ほぼ毎晩のように泣き、新しい母を憎みました。

（ぼくは産んでくれた母の子で、アイツの子ではないんだ。あんな石ころのようなやつにつまずいて泣いてちゃだめだ。アイツより大きな人間になって、いつか蹴飛ばしてやる！）

と反抗しました。ところが内観の何日目か、育ての母とのことを掘り下げていたとき、思ってもみなかった感情が津波のように襲ってきました。母が角川さんを箒《ほうき》で殴り、蹴飛ばし、髪をつかんで引きずり回しているのです。角川さんはその幻想のシーンに、恐れ、怯《おび》え、悲しみ、負の感情に圧倒されました。そこから、

「なぜ自分は生きなければならないんだろう」

「もう生きていたくない！」

と自殺願望を抱くようになったようです。母に愛されていないという疑念が角川さんのやるせなさを増幅し、すれ違いがいっそうひどくなっていたのです。

母との関係が悪いので、勉強に身が入らず、いつも遊んでいました。夏休みも冬休みも、中間テストも期末テストも、そして高校受験ですらも準備せずに遊びほうけていました。すべて母への反抗心から来ていました。

母はただでさえ苦しい家の経済を支えるために、パートで働いていました。だから角川さんは公立高校に進んで、家の経済を助けるべきでしたが、そんなことは露にも考えず、パートで一生懸命働いて子どもたちの学費を稼いでくれる母を尻目に、遊びほうけていました。公立高校に受かるような成績ではなかったので、滑り止めに私立

高校の受験もし、結局は私立高校に行きました。

育ての母のことを内観したとき、パートで汗を流して働いている母の姿が浮かんできて、愕然として気づきました。

（ああ、俺はなんてことをしてたんだ！　血も繋がっていない俺たちを支えるために、炊事、洗濯をして、パートに出ていく母を奴隷のようにこき使っていた。申し訳なかった……）

角川さんは二十二歳のとき家を出て、家には生みの母の法事のときしか帰りませんでした。育ての母はその後、ガンになり、脳に転移し、認知症がひどくなって、誰が見舞いに来たのかすらわからなくなりました。母の見舞いに行った人が老健施設での母の様子を語ってくれました。ショッキングな話でした。

「母はいつも施設の洗濯物を畳んで、これは哲哉のシャツ、これも哲哉の肌着と言って仕分けしていたそうです。気持ちの通じない私のことを、ボケてもなお名を呼びながら、洗濯物を畳んでいただなんて……、それを知って私は目頭が熱くなりました。育ててくれた母に何ひとつ報いていなかったことを詫びました」

こうして泣いてお詫びする中で、わだかまりが解けていきました。

内観一週間目のお昼ご飯に、研修所の方がちらし寿司を運んでこられました。それを見て角川さんは、小学校二、三年生のころの哲哉君が「内観終了のお祝いだね！」と微笑んでくれているような気がしました。角川さんはようやく母子の絆を取り戻し、自殺願望から解放されました。

◉柳田邦男さんが母親について行った内観

私は内観の指導をしていただいている清水所長に、

「内観が私たちにもたらすものは、どういうものですか」

と尋ねると、しばらく返事を考えていた所長は、ついと立ち上がって本棚に行き、一冊の本を持ってこられました。ノンフィクション作家の柳田《やなぎだ》邦男さんが瞑想の森内観研修所でされた内観のことを書き綴っている『気づきの力』（新潮社）です。その中に柳田さんは大変な気づきを得たと書いていました。

柳田さんは精神病を患っている次男が自殺するという悲劇を綴った『犠牲《サクリファイス》　わが息子・脳死の十一日』（文藝《ぶんげい》春秋）で第四十三回菊池寛賞を贈られていますが、次男の精神病がきっかけとなって内観をされています。

柳田さん自身には差し当たって直面している問題はないので、積極的に内観することはないと思っていました。しかし、小学生のころ母親の紙袋作りの内職を手伝ってたことをふり返ってみて、とんでもない思い違いをしていることに気づきました。柳田さんは『気づきの力』（新潮社）に次のように書いています。

「――私はハッとなった。五十二歳になっていた私は、母と小学生の自分が裁ち板に向かって紙袋作りの手内職をしている情景を、あたかも色褪《あ》せた記録映画でも見るように天井から見つめている。母と自分を同じ距離感で見ている。すると、母の気持ちが透けて見えてくる。

クラスでただ一人修学旅行に行かないで、手内職を手伝っている小学生のわが子を見て、母は困惑し悲しんでいただろう。たとえ借金してでも修学旅行に参加させたかっただろう。だが、母は決してそのことを言葉にしなかったし、私を叱《しか》ることもしなかった。

そう気づいた時、私は涙が止まらなくなった。自分勝手な思いこみで、母に『して返してあげたこと』と思っていたことが、視点を母の立場に移してみれば、実は全く正反対に『迷惑をかけたこと』だったのだ。私は心の中で、《悪かった、申しわけなかった、許してほしい》と、何度も何度も叫んだ」

柳田さんに見事な視点の変化が起きたのです。

◉「内観は気づきをもたらしてくれます」

清水所長は柳田さんがそう書いているページを示して、こう答えられました。

「柳田さんが得た気づきこそは、内観が私たちにもたらしてくれるものです。内観は子どもの目からしか親を見ていなかったことに気づかせてくれます。親が立たされていた立場に思いが行き、自分に向けられていた親の情愛に気づくと、目から鱗《うろこ》が落ちるように、確然と新しい視野が開け、親に対して申し訳なかったというお詫びがこみ上げてきます。そして初めて素直な気持ちで親の愛を受け入れられるようになるのです」

柳田さんが得た〝気づき〟に照らし合わせると、清水所長の指摘がいっそう鮮明にわかります。清水所長はさらに言葉をつなぎました。その声には緑陰深い瞑想の森の静けさがありました。

「内観が深くなっていくと、迷惑をかけた相手の心にまで思いが届くようになるから不思議です。相手の心がわかってくると、そこまで思いが至らなかったと、お詫びする気持ちになっていきます。すると、自己否定の中から、逆に感謝の気持ちが湧き起こってきます。一見矛盾しているようですが、これはもう体験の世界です。私たちは〝謝意〟を感じるから、無意識のうちに〝感謝〟と書いているんですね」

今日も内観研修所の部屋の一角で、ひたすら自己を見つめる人たちが内観していいます。自分のいのちのルーツである父母の恩愛に触れたとき、心の底から涙がこみあげてきて、再生の産声《うぶごえ》が上がります。この丹念な努力が人間社会を下支えし、健康な社会を生みだしているといえましょう。

瞑想の森内観研修所にて。２列目右から４人目は清水所長、
最後列右から３人目は著者

第三章

ヒマラヤの白き神々の座

――やり残したことに再挑戦した大西麻由さん

◉〝宇宙の響き〟に共鳴して

平成八（一九九六）年六月、『宇宙の響き　中村天風の世界』（致知《ちち》出版社）を上梓《じょうし》してもう二十二年の歳月が流れました。私はこれまで取材のために二回、出版後、読者の求めに応じて五回、計七回、中村天風《てんぷう》先生がヨーガの導師《グル》カリアッパ師について修行したヒマラヤのゴルケ村を訪ねました。その後も私は天風先生の著書を愛読し、天風先生の悟りを解説して、平成二十六（二〇一四）年九月、『中村天風人間学　われわれは地球という生命体の中の一つである』をPHP研究所から出版しました。メールや手紙での反響は大きく、人生を真剣に探究している人々が熟読してくださっていることがわかります。

ところで、ヒマラヤの第三の高峰カンチェンジュンガの麓にあるゴルケ村は、深い谷間《たにあい》にある山村なので、そこからは白き神々の峰は望めません。そこで私は一行をいつも、ヒマラヤ中央部から西部にかけて位置するアンナプルナ（八〇九一メートル）やマチャプチャレ（六九九三メートル）、ダウラギリ（八一六七メートル）、マナスル（八一六三メートル）などの登山の拠点となっているポカラに案内します。

ポカラ空港に降り立った瞬間、目の前に冠雪した八〇〇〇メートル級の山々が連なっているのを見て、みなさんが感動されます。富士山は三七七六メートルなので、その倍以上の高さの山々が万年雪を被って連なっているから圧倒されることが想像していただけるでしょう。

この小さな町は欧米人がヒマラヤ・トレッキングの拠点としているため大変小ぎれいで、スイスにいるのではないかと錯覚してしまうほどです。そこまで言うとちょっとほめ過ぎになりますが、元国王の別荘があるペワ湖周辺は特に美しく、その青い湖に映る逆さヒマラヤの絶景は写真家たちの垂涎《すいぜん》の的で、お勧めの場所です。

そんなポカラにあるホテルの屋上に上がって、白き神々の座を見渡し、開放感に浸ります。抜けるような青い空。その下にアンナプルナ、マチャプチャレ、そしてマナスルなど、白き神々の座が展開し、それぞれの頂《ピーク》きが宇宙に向かって拳《こぶし》を突き上げ、稜線に雪煙が上がっているのが遠望できます。

すると、現実のしがらみの中でもがいている自分がいつしか解き放たれ、天高く引き揚げられていきます。そのまま瞑想に入り軽く目を閉じると、何物にも制限されず、天馬空を行くがごとき状態になっていきます。そこから得られる自分の人生への確信は生きる力になります。瞑想は私たちの心の食物です。

◉「人間は宇宙の申し子だ!」という覚醒

ポカラの北西に聳《そび》えるダウラギリ、アンナプルナ、それに魚のしっぽのようなマチャプチャレに向かってトレッキングすると、白き神々の座が目の前に展開します。頬をなでる柔らかな風に身をまかせ、銀色の稜線を持つ峰々を眺めていると、言うに言われぬ気高さに心が高まります。そんなときほど自分は、

「宇宙の申し子だ!」

と確信し、喜びに満たされるときはありません。

ヒマラヤの懐で修行した天風先生の覚醒は、さまざまな「誦句《しょうく》」に表現されていますが、その中でも圧巻なのは『運命を拓く』(講談社)にも書かれている「大偈《だいげ》の辞」です。

ああそうだ!!
我が生命は宇宙の生命と通じている。
宇宙霊の生命は無限である。

そして、不健康なるものや不運命なるものは、
宇宙霊の生命の中には絶対にない。
そして、その尊い生命の流れを受けている我はまた、
完全でそして人生の一切に対して絶対に強くあるべきだ。
だから、誠と愛と調和した気持ちと、安心と勇気とで、
ますます宇宙霊との結び目を堅固にしよう。

この誦句は、自分のいのちは大宇宙に直結し、さらにはその結晶であるから、私という魂は宇宙と同じように完全で無欠なのだと確信し、一見障害と見えるものに勇猛果敢に挑戦していこうという気迫に満ちています。事実この確信さえあれば、いかなる障害も乗り越えていけます。自分という存在に置く全幅の信頼こそは天風先生の覚醒の核心です。

天風先生の思想は松下幸之助さんや京セラの稲盛和夫さんを大いに鼓舞したことで知られていますが、その思想は、「自分なんかは……」と卑下し、私たちを小さな殻に閉じ込めている思いから解放してくれる力があります。

人間の気持ちは上がり下がりが激しいものです。順風満帆、得意絶頂だったのに、

しばらくすると落ち込み、自信を無くすのが人間の偽らざる実情ですが、それだけに自分の根源である天（宇宙霊）を自覚させ、そこからやる気を回復させてくれる天風先生の思想はとても貴重です。

　天風先生が悟ったことを表現した誦句は熟読玩味せずにはおれないものが多いですが、その一つ「人間本質自覚の誦句」もまた、得難いものの一つです。

人は万物の霊長として、
宇宙霊のもつ無限の力と結び得る奇《く》しき働きを持つものを、
我が心の奥に保有す。
かるがゆえに、かりにも真人たらんには、
いたずらに他に力を求むるなかれである。
人の心の奥には、潜在勢力という驚くべき絶大なる力が、
常に人の一切を建設せんと、
その潜在意識の中に待ち構えているがゆえに、
いかなる場合においても心を虚に、気を平にして、
一意専心この力の躍動を促進せざるべからず。

私たちは迷うからこそ、こうした誦句を唱えて、自分の潜在意識に沁み込ませることが必要です。単に頭で理解するのではなく、深い瞑想状態に入り、潜在意識に沁み込ませていくのです。天風先生の指導に従って、滝の音のようなベルを数分間鳴らし、それが中断されたあとに広がっていく静寂の中で、これらの誦句を反芻《はんすう》します。こうして不動の信念を把持して、建設の槌音高らかに人生に邁進していきます。

◉人間は誰でも成功できるようになっている！

天風先生の覚醒は基本的な宇宙観、人間観に始まって、次のような宇宙の仕組みの真理に到達しています。天風先生が講談社から出版した『運命を拓く』にはこんな文章が躍っています。

「人としてこの世に生まれ、万物の霊長たる人間として人生を活《い》きるために、第一に知らねばならぬことは、人間の〝いのち〟に生まれながらに与えられた、活きる力に対する法則である。自分の命の中に与えられた、力の法則というものを、正しく理解して人生に活きる人は、限りない強さと、歓喜と、沈着と、平和とを、作ろうと思わなくても出来上がるようになっているのである」
そして次の宣言は、三十八歳のとき脳梗塞《のうこうそく》で倒れ、寝たきりになっていた私をとても鼓舞してくれました。
「人間は誰でも、大した経験や学問をしなくても、完全な人間生活、いわゆる心身を統一できる人間であれば、男でも、女でも、誰でもひとかどの成功ができるようになっているのである。心身を統一し、人間本来の面目に即した活き方、どんなときも、『清く、尊く、強く、正しい積極的な心』であれば、万物創造の力ある神韻縹渺《しんいんひょうびょう》たる気と、計り知れない幽玄微妙な働きを持つ霊智《れいち》が、量多く人間の生命の中に送りこまれてくるからである」（前掲書）
自分に自信を失っていた私の心に、砂地に染み込むように天風先生の言葉が染みていきました。
「すなわち、人間はそれ自身を宇宙の創造を司《つかさど》る偉大な力を持つ宇宙霊と自由に交流、結合し得る資格をもっている。資格があるから、同時にこれと共同活動を行なわせることもできるのは当然のことであり、そうすることによって万事を想うままに成就できるのである」（前掲書）
そう思うと嬉しくて仕方がありません。自ずから笑いがこみ上げてくるのです。

◉逃げない！　人のせいにしない。すべては自分の責任だ

そして次のような文章を読むと、自分の迷いがどこから来るのか理解でき、覚悟ができます。

「蒔《ま》いた種子のとおりに花が咲くのである。むろん、自分は知らずにやったことであろうが、自分の心の持ち方が消極的であるがために、（天との）この結び目を、思わず緩《ゆる》めてしまったからに他ならない。消極的な心になると、自分ではそうしたつもりはなくても、造物主の心と自分の心とが離れ離れになってしまうのである。造物主の心の中には、消極的な弱いものは、一つもないのである」（前掲書）

一つひとつが目覚めにつながります。次のような言葉を読むと、そうだ、そうだとうなずいてしまいます。

「どんなことがあっても忘れてならないのは、心というものは、万物を産み出す宇宙本体の有する無限の力を、自分の生命の中へ受け入れるパイプと同様である、ということである。パイプに穴が開いていたら、洩《も》れてしまう。だから、そっぽを向いていたら何もならない。パイプでわからない人は、光を通す窓だと思いなさい。電流を通

ずるワイヤーだと思えばよい」(前掲書)

このことに気づくと、もはや権謀術数《けんぼうじゅっすう》を尽くして相手を抑え込むことが勝利ではなく、修行して自分自身を浄化することが勝利への道なのだと確信できます。日常生活と修行とが分離しないのです。だから退路を断って、勇猛邁進していけます。天風先生は実に大切なことを教えてくれました。

◉自分の経験に裏打ちされた森先生の炯眼

いや、「人生観の確立に〝大いなる存在の視点〟は欠かせない」と主張するのは天風先生だけではありません。人間への揺るぎない視点を持つ哲学者の森信三《のぶぞう》先生も「人生の意義は人間に大宇宙生命から課せられた地上的使命を果たすところにある」と強調されています。

この視点を欠いたら、人生はどういう職業に就いたほうが有利かと判断するだけで、大学は世渡りのため技術習得の場になり下がってしまいます。人生は職業の世俗的選択以上に〝天命の成就〟という側面もあるはずです。私が縁ある人々を時々ヒマラヤのトレッキングに誘うのは、単なる物見遊山ではなく、白き神々の座を見晴るかしながら、私たちの魂に響いてくる大宇宙からのメッセージをキャッチし、自分の人生のさらなる構築に向けて覚悟を決めようと考えるからです。

私は森先生の「人生の真意義は、自己をかくあらしめる大宇宙意志によって課せられた、この地上的使命を果すところにある」という人間観を紹介しました。ここで少し森先生の略歴を見てみましょう。

森先生は明治二十九（一八九六）年九月、愛知県知多《ちた》郡武豊《たけとよ》町（現・半田市）に生まれました。子どものころから抜群の才能を見せましたが、養家は貧しくて中学校に進めるだけの経済的余裕がありませんでした。そこで学資が要らない名古屋第一師範学校に進みました。そして小学校の教諭になりましたが、向学心は無視できず、さらに広島高等師範学校に進み、西晋一郎《しんいちろう》教授と運命的な出会いに恵まれました。その後、京都帝国大学に進学し、哲学科で西田幾多郎《きたろう》教授に学び、西田哲学の真髄を引き継ぎました。

昭和六（一九三一）年、奉職した天王寺師範学校で教えた修身科の授業記録が、昭和十二（一九三七）年、『修身教授録』と題して出版され、教育界で話題になりました。それもあって、満州（中国東北部）の首都・新京（現・長春）に創立された建国大学に教授として招聘《しょうへい》されました。しかし、大東亜戦争は敗戦となり、引き揚げのときは塗炭の苦しみを味わいました。戦後は神戸大学教育学部で教え、教師に多くの弟子を持つようになりました。

このように貧しい中から身を起こし、自力で活路を開いていく中で、森先生は人間の特性を細かく観察し、人間が人生を過ごしている宇宙の仕組みを大変深く洞察するに至りました。

◉私は〝天の申し子〟だという自覚

森先生も人間は「大いなる存在」にしっかり見守られていて、その人に必要なときに必要とされる出会いが計画されている、だから自分のアンテナさえシャープであれば、その導きを敏感にキャッチでき、出会いを通して大きな気づきを得られ、道が開けていくと言われます。

「われわれ人間がこの世に生まれてきたのは、何かその人間でなければできないような、ある使命を帯びてこの世に派遣せられたものといえます。

次に、一人の人間がこの地上に出現せしめられた意味を知るのは、一人ひとりの人間各自の責任であって、何ゆえこの地上に派遣されたかということを、多少ともわかりかけるには、相当に秀《すぐ》れた人でも、一応人生の半ばに近い歳月を要するでありましょう」

ここで森先生は「地上に派遣された」と表現されているように、人間は明らかに「しかるべきミッションを帯びて派遣されている」と捉えておられます。

そして志を持つことの大切さをこう説かれました。

「ローソクは火を点けなければ明るくならない。それと同じように人間は志に火が点かなかったらその人の真価は発揮されない」

今日の人類の精神文化を形成している賢人たちはことごとく神や仏、天、あるいは〝大いなる存在〟を――表現はそれぞれ異なりますが――その人間観の基礎に据えておられるのは驚きです。森先生は『不尽精典《ふじんせいてん》』にこう表現されています。

「われわれ一人びとりの生命は、絶大なる宇宙生命の極微の一分身といってよい。したがって自己をかくあらしめる大宇宙意志によって課せられた、この地上的使命を果たすところに、人生の真意義はある」

森先生は自分自身を「絶大なる宇宙生命の極微の一分身」と捉え、自分の使命を「大宇宙意志から課せられた地上的使命」と受け止めるとき、根源的力が発揮されると説かれます。そこから人生に肯定的姿勢ができ上がると言われます。

「信とは、人生のいかなる逆境も、私のためにと神仏から与えられたものだと思って、回避しない生の根本態度をいう。信とは、いかに苦しい境遇でも、甘んじて受け、これで自分の業は消えていくんだと、全力をもって取り組む心的態度をいう」

自分を宇宙の根源者との関係で捉えるとき、〝唯一にして絶対〟という人間観が揺るぎないものになります。

森先生をはじめとした賢人たちはこうした人間観に立脚して、立ち塞がる壁を突破させる〝志〟について説かれました。今生の人生において、このことだけは成就したいという心願があれば、必ず真価が発揮され、見事な人生が実現できると言うのです。森先生は自分の人生経験をかけて、足りないのは後ろ盾や才能ではなく一重に志であって、志さえあれば心願を生み、それはいつしか形となって現れると説かれました。数奇な人生を歩まされた森先生の軌跡は、拙著『人生二度なし　森信三の世界』（佼成出版社）に詳しく書いているのでそれを参照してください。

森少年は養父に財力がなかったので上級の学校に進学できず、就職せざるを得なかっただけに、「志さえあれば道は開ける」というメッセージには説得力があります。宇宙に遍満するこの仕組みに目覚めたら、人間はもう動揺しません。どんなことでも受けて立ち、立派に道を開いて堂々の勝利をするというのです。森先生はまさに炯眼《けいがん》の持ち主でした。

◉人間は宇宙の神秘を開く鍵

私に大自然への目を開いてくれた人が東洋思想家の安岡正篤《まさひろ》先生でした。安岡先生は昭和天皇の終戦の詔勅を刪修《さんしゅう》し、歴代宰相に師と仰がれ、また「平成」の年号を提案したともいわれる人ですが、実に繊細な感受性の持ち主で、宇宙・森羅万象について次のように書いています。

「我々の個性はまことに宇宙の神秘を開く鍵である。我々はみずからの心田を培《つちか》う思想を濃《こ》まやかにし、直観を深くすればするほど、宇宙人生から不尽《ふじん》の理趣《りしゅ》を掬《く》みとることができる。大自然の生命の韻律《いんりつ》に豊かに共鳴することができる。天籟《てんらい》なるものがある。地籟《じらい》なるものがある。人籟《じんらい》なるものがある。

大自然の海の一波である我々の個性がその大いなる旋律に和して、そこにおのずから湧き出ずるものすなわち詩ということができよう。詩の根底には、やはりどうしても純真なる生活、敬虔《けいけん》にして自由なる人格、少なくとも無限への憧憬《しょうけい》――驚かんとする心がなければならぬ。感激は詩の生命である」（『儒教と老荘』明徳出版社　※天籟＝

大自然に鳴り響く風などの妙音）

安岡先生は私たちの感性が「宇宙の神秘」を解く鍵だと言われます。心耳《しんじ》を澄ませて宇宙の響きに聴き入るとき、その神秘の扉が開かれるのだと。さらに直感を深くすればするほど、大自然の生命の韻律《いんりつ》に豊かに共鳴することができると説かれました。

私たちが感性を鋭くして森羅万象《しんらばんしょう》に向かうとき、宇宙は神秘の扉を開いて、私たちの問いかけに応えてくれ、叙事詩として歴史上の出来事を語ってくれます。

◉心の耳を澄ませて、天のメッセージに聴き入る

安岡先生の人間観は極めて啓発的です。安岡先生は人生を充実させるため、古人の書を読むことを勧められました。例えば代表作『いかに生くべきか　東洋倫理概論』（致知出版社）にこう書いておられます。

「心を打たれ、身に沁《し》みるような古人の書を、我を忘れて読みふけるとき、生きていてよかったという喜びを感じる。そんな書物に出合うと、時間だの空間だのという制約を離れて、真に救われる。ああ、確かにそうだ！　と、いわゆる解脱に導かれる。そういう愛読書を持つことが、またそういう思索体験を持つことが、人間として一番

幸福であって、それを持つと持たぬとでは、人生の幸、不幸は懸絶《けんぜつ》してくる」

優れた書物は私たちの心に染み入り、時空を超えた思索に導いていきます。時空を超えて思索をすると、どっしり腰が落ちついて、自分の人生目標に向かって寝ても覚めても没頭するものです。そして他の人が追随できないような金字塔を打ち立てるに至ります。

この文章は幕末の儒学者佐藤一斎の『言志耋録《げんしてつろく》』三条の一節と合わせ読むと、いっそう明確になります。

「経書《けいしょ》を読むは即ち我が心を読むなり。認めて外物と做《な》すことなかれ。我が心を読むは即ち天を読むなり。認めて人心と做すことなかれ」

（聖賢が書き残された経書を読むということは、実は自分の本心を読むということである。決して自分の心以外のものと思ってはならない。自分の心を読むということは、天地宇宙の真理を読むことである。決して人の心のことだと思ってはならない）

読書は必然的に自問自答であり、そのまま天のメッセージを読むことにつながります。そうなってこそ、真に思索したことになるといえます。読書とは心の耳を澄ませて、天のメッセージに聴き入ることに他なりません。

◉宇宙における人間の使命

ところで宇宙の神秘を解く鍵といわれる人間を掘り下げていくと、崇高な使命ともいうべきものが見えてきます。この広大な宇宙は百三十八億四千万年前、ビッグバンによって始まったといわれます。そして水やアンモニア、メタンなど水素化合物が凝集して固体となり、冷え固まって、四十五億四千万年前、原始地球が誕生したと考えられています。そこに生命が誕生し、何十億年という時間をかけてアメーバが生まれ、アメーバから植物が派生し、植物から動物が生まれ、ついに哺乳類が生まれました。その哺乳類にさらに霊性《スピリチュアリティ》が与えられて人間となり、新しい発展段階に入りました。

この「霊性が賦与《ふよ》されている」という現象は他の哺乳類にはありません。しかも魂とも呼ばれるこの霊性は自動的に形成されるのではなく、自ら獲得していくように設定されています。私たちの体は時間が経《た》つにつれ自動的に成人するようになっていますが、魂はそうではありません。右に行き左に行き、時に人と衝突し、壁にぶち当たり、自信を失くして落ち込むなどしますが、それらを乗り超えて人格を形成するようになっています。

つまり自分自身の人格形成は自分自身で行うという不思議な責任分担が与えられているのです。私はこのことを、「自己の創造は自己に委ねられている」と考えています。つまり私たちは、「自己を形成する」という崇高な使命を与えられてこの世に送り出されているのです。このことを先人たちは、〝天命〟と表現しました。

天命の実現こそは私たちの人生の目的なのであり、天の願いが付託されているのです。そう思うと、私たちは実に貴重な人生を与えられたものです。私は青春時代、安岡先生に巡り合ったお陰で、その自覚に目覚めたのでした。

◉万感の思いを込めて『アメイジング・グレイス』の歌詞を書いたニュートン司祭

平成二十七（二〇一五）年一月のヒマラヤの旅に参加した大西麻由《まゆ》さんも、そこで大きなきっかけをつかんだ一人です。一行十九名、アンナプルナを見晴らすダンプス村までトレッキングして宿営し、私たちはキャンプファイアーを囲みました。

恐ろしいほどに澄んだ冬の夜空に、今まで見たこともないような夥《おびただ》しい数の星がきらめいていいます。いきなり宇宙のまっただ中に放り出されたような光景で、ただただ驚嘆して振り仰ぎました。月がなくても、雪明かりと星明かりだけで視界は良好です。

アンナプルナの上にはオリオン座が輝いています。オリオンの右肩には、太陽の七百倍から一千倍はあるという赤色超巨星ベテルギウスが赤く輝いています。その大きさはベテルギウスを太陽の位置に持ってくると、木星を包み込むほどになり、まさに超巨星です。

左足にはオリオン座でもっとも明るいリゲルが輝き、オリオンのベルトに見たてられている剣を表した三ツ星の南には靄《もや》のようなオリオン大星雲が肉眼でも望めます。そんな星空の下で、私はほぼ書き上がりつつある『アメイジング・グレイス――魂の夜明け』の要約を話しました。

「いま全世界で歌われている讃美歌『アメイジング・グレイス』はジョン・ニュートンという司祭の作詞によるものです。ニュートン司祭は聖職者になる前はおぞましい奴隷貿易に携わっていた船長でした。ところが彼が乗った船がアイルランド沖で難破し、危うく遭難しそうになりました。荒れ狂う嵐の中で、彼は必死に救いを求めて祈りました。

『私にもう一度チャンスをください。もし生き延びることができたら、私は奴隷貿易船を降り、聖職者になります』

その祈りが聴かれ、北アイルランドに漂着し、ジョンは助かりました。その後、聖職者に採用されるために勉強し、ロンドン郊外のオルリー村の教会の司祭に叙されました。

ニュートン司祭は説教壇の上から会衆に率直に語りかけました。

『私は聖書のことは何も知りません。私はケンブリッジ大学やオックスフォード大学で神学を学んだサラブレッドの聖職者ではありません。昔はただの船乗りでした。しかし、《私は救われた！》という実感は誰よりも強いものがあります。

私はかつて道を踏み外し、目が見えませんでした。そんな人間を神は見捨てず、立ち直らせてくださり、再び目が見える人間にしてくださいました。立ち直ろうとする人間を神は決して見捨てません。その証拠が私です。

何と豊かな神の恵みでしょう！　ああ、アメイジング・グレイス』

着飾ることなく、極めて率直に訴えかけるニュートン司祭の説教は人々の心に染み入り、評判になりました。そして隣りの村や町からも会衆が押しかけるようになり、教会堂は満杯になりました。

「その司祭館で、懺悔と感謝の思いで書いたのが『アメイジング・グレイス』の歌詞です。それはニュートン司祭の心底からの告白でした。だからこそ人々の心を打ち、イギリスからアメリカに広がり、アメリカの黒人奴隷たちの絶賛を受け、とうとう第二の国歌と言われるまでになったのです」

キャンプファイアーに照らされながら『アメイジング・グレイス』のそんな誕生秘話を聴いて、麻由さんはびっくりしました。というのは、麻由さんは子どものころからずっと歌手になりたいと思っていて、中でも最も歌いたかった歌が『アメイジング・グレイス』だったのです。

その作詞者のジョン・ニュートンが奴隷貿易船の船長だったとは知りませんでした。ニュートン司祭がたどった人生に共感し、麻由さんの頬を涙が伝わりました。

◉ヒマラヤに響いた『アメイジング・グレイス』の絶唱

麻由さんの末っ子は大学四年生になり、三人の子育てが終わろうとしていました。それだけに、ジョン・ニュートン司祭の話を聴きながら、改めて考えました。

(私の第一の人生が終わろうとしている……。これでよかったのだろうか。やり残したことはないだろうか)

そう問うたとき、麻由さんは十分やり尽くしたとはいえないものがあることに気づきました。

サランコット峠から見たマチャプチャレ峰

（私は幼いころから歌うことが大好きで、歌手になることが夢だった。子どものころ、毎日飽くことなく鏡の前で歌を歌っていた。心の内に響いてくるものを歌うことで表現したいと思っていた。大勢の人の前で歌ったり、料理を作りながら歌ったり、とにかく歌うことで生きる力を得ていた。でも自分の夢に挑戦することなく、いつしか家業と子育てに忙殺されてきた。

今ようやく自分の時間が取れようとしている。夢の実現に立ち向かうときが来た！今、自分自身の夢に挑戦しなかったら、きっと後悔する。思い残すことがあってはいけない。初志を貫徹すべきだ。燃え尽きるのだ！　自分を鼓舞して挑戦しよう）

ヒマラヤの山々がそう語りかけているような気がしました。

（日本に帰ったら、夢の実現に向けて頑張ろう。積み残したことがないよう、後悔しないようにしよう）

焚き火が一人ひとりの顔を赤々と照らしています。

（きっとみんなそれぞれの人生のテーマのことを考えているんだろうな）

厚手のダウンジャケットを着て、しっかり防寒対策はしているものの、焚き火が当たらない背中の方は寒気が迫ってきて、思わず両肩を抱きました。

（ああ、ヒマラヤに来てよかった！　こうして非日常的空間に来て白き神々の座を眺め、非日常的な時間を過ごし、いのちの洗濯をしていると、感覚が研ぎ澄まされてくる。私はずっと見守られ、導かれていたんだ。

思えばこの旅に参加したのは心理セラピストで、自己実現セミナーのアナテースを主宰している岡部明美さんから誘われたことからだ。神渡さんが書かれた『宇宙の響き　中村天風の世界』〈致知出版社〉を読み、共感したことからすべては始まった）

麻由さんは口の中で「宇宙の響き」「宇宙の響き」と反芻《はんすう》してみました。

（そうだ。これは宇宙から私への呼びかけなんだ。それに呼応して、歌うことに再挑戦しようと思ったんだわ。これは遊びじゃない。夢の実現に向けて挑戦しなさいということなんだ）

何かがはじけ飛んだような気がし、初心を貫こうと決心しました。

涙を拭って立ち上がった麻由さんは、みんなの前で万感の思いを込めて『アメイジング・グレイス』を歌いました。満天の星空の下《もと》、谷を越え、白銀の峰々を渡っていく麻由さんの歌声は私たちの心を揺るがしました。彼女のそれまでの人生が織り込まれた歌声でした。歌い終わった麻由さんに仲間たちから万雷の拍手が送られました。

◉たった一回しかない人生だから、完全燃焼したい！

帰国すると猛練習が始まりました。そうしてその年の十二月十七日、東京・原宿のミュージックレストラン「ラ・ドンナ」を借り切ってコンサートを開きました。半端ではない人生を送ってきただけに、麻由さんの歌声は聴衆の心に響き、多大な喝采《かっさい》を得ました。以来、あちこちのステージに立つようになりました。自分を信じて、完全燃焼しようという決意が幾多の難関を乗り越えさせ、夢を実現させたのです。

麻由さんはヒマラヤでの体験をふり返って、こう語ります。

「私は普段あまり瞑想したりする人間ではありません。でもあのヒマラヤでの日々は、気づきの連続でした。大いなるものの存在を身近に感じ、何かをキャッチしたと感じました。

私は手を合わせることや感謝する気持ちが足りなかった人間ですが、ヒマラヤ以来、何かが変わったと感じ、今では確信に変わっています。朝日に向かって歌うと涙があふれ、懐かしさと感謝の思いでいっぱいになります。私にとって歌うことは、自分のエネルギーが大きく動くことのように感じます。歌わないとエネルギーがダウンし、

コンサートで歌う大西麻由さん

歌うことでエネルギーが溢れてくるのです。それは私の歌を聴いてくださる方々も感じていらっしゃるようで、私は歌でエネルギーをお届けしているんだと思います」

麻由さんは自分の本来のあり方をつかんだといえましょう。

私は天風先生について書いた最初の本の書名を『宇宙の響き』と付けました。それは私たちの魂は宇宙の響きが聴こえてきてこそ強靭《きょうじん》になると確信するからです。強靭な魂はどんな困難ものともせず乗り越えていけます。

天風先生は人間が大宇宙に感応し、存分にそのエネルギー（プラーナ＝インド哲学でいう神秘的な気流）を取り入れるとき、人間は人間以上の存在になり、持てる力を存分に発揮できると説いています。天風先生のメッセージは、私たちの求道の明確な目標となります。『中村天風人間学』でも私は瞑想によって私たちの魂が強靭なものになっていくと書きました。麻由さんの例はそれを示しているように思います。

◉響き合い呼応し合っている〝いのち〟

すべての〝いのち〟は響き合い呼応し合っています。人間だろうと動物だろうと、その違いを超えて、いのちは呼応し合っています。次に紹介する「シバ、ごめんよ……」と題した手記は互いにいのちは響き合っていることを教えてくれています。

俺が中学二年生の時、田んぼ道に捨てられていた子犬を拾った。雑種だけど柴犬そっくりのかわいい奴で、おとんがシバと名づけた。シバが子犬の頃、俺は学校から帰るといつもかまっていた。寝るときも、ご飯のときも、起きる時間も、いつも一緒だった。

ところが俺が高校にあがり、仲間もたくさんできて、悪さをするようになったころ、俺はもうシバをかまわなくなっていた。シバが遊ぼうと飛びついてきても、邪魔や！と邪険に振り払った。世話はいつしかおかんとおとんがするようになった。いつしかシバは俺を見ても尻尾さえ振らなくなった。俺はぐれて高校を中退し、遊びほうけて家にも長いこと帰らなかった。そんなある日、俺の携帯電話が鳴った。

「シバが、車にひかれて……。病院連れてったけど、もうアカンって言われた」

おかんからだった。これまでになくうろたえて、涙声だった。

「はぁ？　何やいきなり。あのバカ犬が死ぬわけないやん」

俺は軽く考えていた。

「とりあえず、帰ってき。シバを家に連れて帰ってきたから……」

正直、めんど臭かった。どうせもう、俺を見ても喜びもせんし、もしかしたら忘れてるんとちゃうか。俺は重い腰をあげ、居座っている仲間の家を出て実家へ戻った。

玄関先につないでるはずのシバの姿はなかった。家に入ると、俺は目を見開いた。シバは布団をかけられ、ぐったりしていた。その横におかんがすわり、優しく体を撫でていた。

「リードを引きちぎって脱走してん。そんで車にひかれよったらしい……。近所の中井さんが教えてくれたわ」

おかんの目には涙がたまっていた。俺の体にじっとりと汗がにじんだ。

「最初は何でシバが脱走したんかわからんかったけど……。中井さんが、青い原付きバイクを必死に追いかけてたって言わはった……。そんで、後ろからきた車にひかれたんやって、そう教えてくれたわ」

俺はその言葉に息をのんだ。

青い……原付き！　俺の原付きバイクも同じ青色だ。

「多分、よその人の原付きバイクを、あんたやと思ったんやろなぁ」

おかんの目から涙があふれた。そして、俺の目にも……。

初めてシバを拾ってきた光景が頭に浮かんだ——。

俺はシバの横に腰をおろした。シバが痛々しい体を少し持ち上げ、フンフンと鼻を鳴らし、尻尾をふった。俺は何かがはじけたように、泣いた。

シバを拾ったあの日、最後まで面倒みると誓ったはずだった。ずっとこいつと生きていくと決めたはずだった。シバがいつか死ぬときは、笑顔で送り出してやろう、それまでいっぱいの愛情で接してやろうと……誓ったはずだった。

それなのに……。

「シバ、ごめんよぉ。俺はいつもお前のこと無視して……。

でも、お前はいつも俺のこと見てたんやな。許してくれや、シバ……」

そう言ってシバの体を撫でた。シバがペロペロと俺の手をなめた。それと同時に俺の手にシバの血がついた……。おかんは声をあげ泣いた。

「いつもあんたぐらいの男の子が家の前通るたび、シバはずーっと見つめててん……」

おかんの言葉がさらに俺の涙をあふれさせた。

「シバ、逝《ゆ》かんでくれやぁ。またいっしょに遊ぼうなぁ……」

視界が涙でかすんだとき、シバがキュンキュンと声をあげた。そして頭を俺の膝の上に乗せた。まるで俺に「生きたいよ」と言ってるようで……、涙が止まらんかった。

代わってやりたかった。シバはそのあと……息を引きとった。

シバが死んで、六年が経った。

今でもシバの命日には、シバの大好物だったササミを玄関に置いておく。たまに猫がつまみ食いするけど、優しいシバのことやけん、黙って見とるんやろな……。

シバ。お前のおかげで、俺は自分の愚かさを知った。

ありがとう。ほんまに、ありがとう……。

ごめんな。大好きやで、シバ。

俺がいつか死んでそっちに行ったら、また俺の愛犬になってくれ。そんときはもう絶対そばから離れんから。約束するよ。今度はもう、自分自身に嘘はつかん。

今、これを書いてる俺……。ふと目に手をやった。

気がつけば、涙に濡れていた。


私たちはシバの飼い主と同じように、気持ちがささくれ立ってくると、動物や植物の声は聴こえなくなります。ところが人を思いやれば人と通じるようになり、心耳を澄ませて山や川や動物、植物に思いを寄せれば、自然界と通じるようになっています。世界を狭くしているのは私たち自身です。ヒマラヤの山々も私たちに語りかけているのです。

◉司馬遼太郎がもたらした鳥瞰図的視点

ヒマラヤの白き神々の座を見渡すと、私はなぜか司馬遼太郎《しばりょうたろう》を連想します。おそらく彼がしばしば「大空を舞う鳥の目で、地上や歴史を俯瞰《ふかん》する」と言っているからでしょう。

司馬遼太郎がもろもろの作品を通して私たちにもたらした視点は、大空を滑空《かっくう》しながら地上の獲物を探すワシのような視点です。自分の人生をより高い立場から眺めてみると、地上に這《は》いつくばってうごめいている虫には見えなかったものが見えてくると言います。

現実に押しつぶされることなく、夢を追い求めていくためには、この視点がとても大切です。あたふたしてしまうような立場に立たされたとき、一呼吸して天の一角から見下ろして状況を客観的に見たとき、余裕を持って事に当たることができる姿勢が生まれてきます。先々まで見通しが利くので、はるかに余裕が生まれるのです。

司馬遼太郎が言う鳥瞰図《ちょうかんず》的視点は、《サムシング・グレート》とか《ハイヤー・セルフ》という概念に通じるものがあります。

司馬遼太郎は、『空海《くうかい》の風景』（中央公論社）で弘法大師空海を、『竜馬がゆく』（文藝春秋）で坂本龍馬を、『翔《と》ぶが如く』（文藝春秋）で西郷隆盛と大久保利通《としみち》を、あるいは『坂の上の雲』（文藝春秋）で秋山好古《よしふる》、真之《さねゆき》兄弟を活写して、《その人間像》と《時代の流れ》、それに《天の意志》を大つかみすることを教えてくれました。そして日本人の中につちかわれてきた精神性とは何なのか、明らかにしてくれました。

私たちはそんな小説を読んで、日本人であることを誇りに思い、気宇壮大《きうそうだい》な気分になったものです。だから司馬遼太郎は小説家という以上に、偉大な思想家だといえます。

◉歴史とは先人たちの励ましであり、慰めです

東大阪市にある司馬遼太郎の自宅に併設された記念館の壁に、「二十一世紀に生きる君たちへ」というメッセージが残されています。先に述べた鳥瞰図的視点は空間的視野ですが、歴史とは時間的視野だといえます。司馬遼太郎はさらにこう述べます。

「歴史とはなんでしょう、と聞かれるとき、『それは、大きな世界です。かつて存在

した何億という人生がそこにつめこまれている世界なのです。』と、答えることにしている。私には、幸い、この世にたくさんのすばらしい友人がいる。歴史の中にもいる。そこには、この世では求めがたいほどにすばらしい人たちがいて、私の日常を、はげましたり、なぐさめたりしてくれているのである。だから、私は少なくとも二千年以上の時間の中を、生きているようなものだと思っている」（『二十一世紀に生きる君たちへ』世界文化社）

司馬遼太郎が後世の者たちに語りかける言葉は、さらに続きます。

「鎌倉時代の武士たちは、『たのもしさ』ということを、たいせつにしてきた。人間は、いつの時代でもたのもしい人格を持たねばならない。人間というのは、男女とも、たのもしくない人格にみりょくを感じないのである」

いつも歴史をふり返り、大空を舞う鳥の視点でものを見てきた人ならではの言葉です。だから司馬遼太郎はこうアドバイスをします。

「君たち。君たちはつねに晴れあがった空のように、たかだかとした心を持たねばならない。同時に、ずっしりとたくましい足どりで、大地をふみしめつつ歩かねばならない」

記念館を退出するとき、私は晴れあがった空のようにさわやかな気分になり、大地をずっしり踏みしめて歩いたものです。

人間は大らかでたくましくなければなりません。なぜなら私たちを活かしている宇宙そのものは大らかでたくましいからです。ヒマラヤの白き神々の座は、私たちが時に見失っている大らかさとたくましさを呼び覚ましてくれます。

ヒマラヤの白き神々の座よ、ありがとう！

第四章

カンボジアでの地雷撤去に賭けた第二の青春

——村人に神さまと仰がれている高山良二さん

◉柔和な笑顔の元自衛官！

平成三十（二〇一八）年六月十八日、横浜での勉強会・横浜志帥《しすい》会六月例会の日で、私は国際地雷処理・地域振興支援の会理事長の高山良二さんを紹介し、活動紹介のビデオを放映し、講演していただきました。この横浜志帥会は二十七年続いており、その日も七十名あまりの人が熱心に話を聴きました。

高山さんは元陸上自衛官です。平成四（一九九二）年六月、日本が初めて参加したカンボジアにおける国連の平和維持活動（ＰＫＯ）で、第一次派遣施設大隊として六百名が派遣されましたが、高山さんも同年十月一日、第二次先遣隊八十三名を指揮して大型輸送機三機で現地に向かいました。以後、千二百名の派遣部隊の指揮官である大隊長を直接補佐して、戦後復興に邁進しました。

その十年後、自衛隊を定年退職すると、再びカンボジアに渡り、地雷撤去活動に携わり、七十二歳の現在も現役時代以上に「本番の人生」を送っておられます。

高山理事長を紹介してくださったのは、前愛媛県倫理法人会会長の松本一志《かずし》さんです。実は高山さんは愛媛県の出身で、愛媛県は県知事以下、経済界、教育界を挙げて高山さんのカンボジアでの地雷処理や経済復興を支援しています。愛媛県倫理法人会も支援団体の一つで、平成二十九（二〇一七）年、一般社団法人倫理研究所は地球倫理推進賞を授与しています。

高山さんは十七年間の現地での活動を通して地雷撤去地域六十ヵ所、計百九十二ヘクタール（東京ドーム四十一個分）、対人地雷五百十三個、対戦車地雷百七十三個、不発弾処理千三十五発などの実績を挙げています。

高山さんは元陸上自衛官とは思えない気さくな人で、柔和な笑顔の持ち主でした。その笑顔を見た瞬間、この人は人々に本当に喜ばれている人だなと思いました。

高山さんの淡々とした活動報告は居並ぶ会員たちの心を捉え、高山さんの「人のお役に立ちたい」という思いに共感され、池本助夫元池本ガス社長はじめ、多くの人が活動の足しにしてほしいと多額の寄付をしてくださいました。それほどまでに高山さんの生き方は人々を鼓舞しましたが、「人生百歳時代の生き方のヒント」を引きだすため、高山さんの活動を俯瞰《ふかん》してみましょう。

◉「やり残したことがある！　必ずカンボジアに帰ってくるぞ」

平成四（一九九二）年、日本政府がカンボジアにおける国連平和維持活動協力法を成立させようとしたとき、野党は自衛隊の海外派兵への道を開くものだとして大反対しました。でも実際にはＰＫＯ活動は、カンボジアが二十年に及ぶ内戦の末に疲弊しきって国土を自力で復興する力を失っていたので、それに代わって橋を架けたり、道路を敷設したりした平和維持活動以外の何物でもありませんでした。昔から「万犬虚に吠える」と言いますが、このときも国会はまったくの空騒ぎで、無責任野党の最たるものでした。

高山さんが所属していた自衛隊の施設科部隊は、戦闘部隊を支援して道路を敷設したり、塹壕《ざんごう》を掘ったり、地雷を埋設・撤去することを任務とする部隊です。派遣の命令が下り、ＰＫＯ要員として活動している間に、忘れられない爆発事故を目撃しました。

牛を連れて田んぼにやってきた少年が、牛をつないでおく杭を田んぼに固定しようとして、一見さび付いた鉄のかたまりに見える不発弾で杭を叩きました。それで不発弾が爆発し、少年も牛も轟音とともに吹き飛んでしまい、即死したのです。

また子どもが道端に転がっている不発弾で遊んでいるうちに爆発し、犠牲になる事故は枚挙にいとまがありませんでした。それらを見て、地雷や不発弾の処理は専門家である自分の仕事であり、無垢《むく》な子どもたちが犠牲になることは耐えられず、自分の責任だと痛感しました。

任務が終わり、国連カンボジア暫定統治機構（UNTAC《アンタック》）の明石康《あかしやすし》代表（当時、国連事務次長）が謝意を述べ、カンボジアも国際社会も心からの感謝を送りました。そしていよいよ帰国するとき、高山さんは久々に家族と再会できるという喜びと同時に、「私にはまだやり残したことがある。もう少しここに残してくれ！」と、後ろ髪を引かれる思いがありました。日本に向かう軍用機の窓からメコン川やヤシが亭々とそびえる大地を見下ろし、「ここにもう一度帰ってこよう。やり残したことを完遂するのだ！」と決意していました。

◉「俺に安穏な老後などない！」

帰国して原隊に復帰し、通常の隊務を続けて十年が過ぎました。その間、カンボジアにやり残したことがあるという思いは消えず、高まっていくばかりです。退官一年前からカンボジアでの活動に備えて、英会話教室に通いました。そんな高山さんに奥さんが苦情を言いました。

「再就職はしないの？　老後の蓄えはどうするのよ。病院代も掛かるだろうし……」

当然な不安です。しかし高山さんは問題にしませんでした。

「今から老後の生活を心配しても仕方がないだろう。俺はカンボジアでもっと貧しい生活を見てきたぞ。それに比べたら、俺たちの苦労はどうってことはない。食べる米がなくなったら連絡しろ。何とかするから心配するな。俺には老後はないと思っている！」

夫が新しい生きがいを見つけたとしたら、妻は応援するしかありません。奥さんは松山市に事務所を作り、日本からカンボジア復興活動を支援しました。いわば後方支援部隊です。

高山さんは平成十四（二〇〇二）年五月九日、五十五歳で自衛隊を退官すると、その三日後、松山空港を飛び立ち、タイのバンコク経由でプノンペン空港に入りました。折からカンボジアＰＫＯ関係者が、認定ＮＰＯ法人日本地雷処理を支援する会（ＪＭＡＳ《ジーマス》）を立ち上げたので、その法人の現地副代表として、活動を始めました。

任務は政府組織のカンボジア地雷対策センター（ＣＭＡＣ《シーマック》）と連携して、地雷や不発弾を処理することです。

◉なぜ不発弾や地雷が残っているのか？

一九六〇年代当時、北ベトナム軍は国境を越えてラオスやカンボジア領内を通って、南ベトナムの首都サイゴン（現・ホーチミン）を攻撃しました。いわゆる悪名高いホーチミンルートです。南ベトナム政府を支援していた米軍はこのルートを断つために空爆し、五十三万トンもの爆弾を投下しました。カンボジアの東部プレイヴェン州はホーチミンルートだったので、ベトナム戦争後は大量の不発弾が残されました。ベトナム戦争のあおりです。

地雷は敵の戦闘員や戦車の前進を阻《はば》んだり、自分の陣地やキャンプ地を敵の侵入から守るために埋設します。地雷を埋設したら、戦争が終わったあと、除去するのが大変だとは誰も思いません。当面の戦闘に勝つことだけで精一杯で、あと先のことなど考えません。だから戦闘が終わった後には、莫大な負の遺産が残されました。

内戦後、農民たちは田んぼや空き地に大量に転がっているボール弾や不発弾、擲弾《てきだん》筒《とう》を拾って鉄くず業者に売って現金収入を得ました。子どもたちは生活の場に転がっている不発弾で遊んでいて爆発に遭い、命を落としました。

高山さんはCMACの事務所に間借りして不発弾処理に励みました。田畑や空き地から集めてきた不発弾を爆破処理しようとしていると、どれほど危険であるかを知らずに子どもたちが不発弾を持ってきたり、少年が自転車で運んできたりして、冷や汗をかきました。現地の安全意識はその程度なので、惨事は後を絶ちません。

村人は危険だとわかっていても処理してくれる人がいないので、やむを得ず焚《た》き火に投げ込んで爆破して処理したり、池や川に投棄していました。

◉ジレンマに苦しんだ高山さん

活動は日本政府のNGO支援無償資金を贈与され、プレイヴェン州に加えてスバイリエン州、カンダール州まで拡大し、不発弾処理の日本人専門家が四人に増えました。この当時、地雷や不発弾による犠牲者数は年間八百人から九百人ぐらいでした。

にもかかわらず、予算や経費の都合で活動が中断されることがあり、高山さんはストレスに悩みました。予算がなくなってくると、活動を中断して村の啓蒙に回りますが、本当はそんな間接的なことではなく、もっと直接的に地雷や不発弾の処理に関わりたかったのです。

高山さんはだんだん夜眠れなくなり、精神的に不安定になっていきました。以前は大好きだったヤシがそびえる赤い大地の風景ももはや気持ちを慰めてはくれません。言わば不完全燃焼で、疲れ果ててしまったのです。みんなはバーンアウト、つまり燃え尽き症候群だと心配しました。高山さんは何かと拘束され、なかなか思うとおりのことができないので、不完全燃焼したのです。

（不発弾処理の専門家が請け負って作業を進めるというこれまでのやり方はちょっと違うのではないか。もっと住民を巻き込んで住民参加型の地雷撤去活動にしたほうが、自立的な運動になるのではないか……）

思いは千々に乱れます。そこで現場から少し離れてクールダウンし、状況を見直そうと考えました。日本人専門家も増えたことだし、もう自分がいなくてもやっていけるのではないかと判断し、一時帰国しました。

帰国中は小学校や企業、ロータリークラブなどで講演し、広報に努めました。松山のデパートで催した写真展は一週間で千八百七十名の参加者がありました。高山さんの中には、

「このままで終わってたまるか。捲土重来《けんどちょうらい》して、地雷撤去活動をするのだ」という思いが強くありました。帰国から一年二ヵ月が経ったころ、塩崎恭久《やすひさ》外務副大臣に直談判して構想を話し、良い感触を得たので、外務省に住民参加型の地雷処理事業の申請書を提出しました。

◉地雷処理活動の実際

二〇〇六（平成十八）年六月、再びカンボジアで活動を開始しました。場所はカンボジア西部、タイとの国境に近いバッタンバン州カムリエン郡タサエンコミューン（六村からなる集合村）です。この地域は一九八〇年代のカンボジア内戦時、ポル・ポト派と、それに対抗する勢力が激しい戦闘をくり広げたところです。

ポル・ポト派が率いるカンボジア共産政権は、あまりにも急激で強権的な共産化の過程で百七十万人を虐殺し、国際社会から非難されました。それもあってプノンペンから追われてタイ国境のジャングルに逃げ込み、激戦をくり広げました。

地雷には対人地雷、対戦車地雷、それに中国製、ソ連（現・ロシア）製、ベトナム製など多種多様あり、中にはより大きな被害を狙って、大砲の弾に発火装置をセットした仕掛け爆弾もあります。

なぜ中国製やソ連製、ベトナム製が多いかというと、カンボジア内戦に介入した国々が、それぞれ支援している勢力に自国の兵器を与えたので、中国製、ベトナム製、ソ連製と多種多様なのです。

七十九名の地雷探知員（デマイナー）を募集すると二百名もの人が詰めかけました。デマイナーとして採用されることは大変名誉なことで、貧しい村人にとっては定期的に収入が得られるので願ってもないことです。彼らの参加によって、地雷撤去活動は新しいステージに上がり、地雷探知員たちは三個小隊に分かれて活動しました。

◉七名のデマイナーたちが爆死！

採用されたデマイナーたちは約六週間、専門的なトレーニングを受け、活動に入りました。実際の地雷処理活動は二名一組で活動します。一人が幅一・五メートルを除草し、もう一人がそこを金属探知機で探知し、反応がなければさらに四十センチ前進するという作業をくり返します。金属反応があれば、小さなショベルや刷毛《はけ》を使って土をどかし、地雷探知棒で金属が何であるかを調べます。これは神経が一番疲れる作業で、撃針に触れないよう細心の注意で行います。ここはかつて激戦区であったため、小銃弾や薬莢《やっきょう》が大量に出ます。そのためわずか四十センチ進むために、一時間以上費やさなければならないこともあります。

地雷が探知されたら、その場所に地雷標識を立て、作業の終わりにＴＮＴ爆薬で爆破処理します。一個小隊三十三名が一ヵ月間デマイニングすると約一ヘクタール、三個小隊で三ヘクタールがクリアされ、ロスタイムを差し引いても年間三十ヘクタールがクリアされます。地道な歩みですが、安全な農地が広がっていくことは励みでした。

ところが喜ばしいことだけではありませんでした。半年後の一月十九日、高山さんが一時帰国しようとして現場を離れ、プノンペンのＪＭＡＳ事務所に着いて間もなくして、タサエンからデマイナー七名が爆死したという訃報が届きました。高山さんは急遽帰国を中止して車で十二時間かけてタサエンに戻りました。翌日は七名の葬儀がそれぞれの家で執り行われ、七家族すべての遺族の葬儀に出席しました。

爆発現場に行くと、直径五メートル、深さ一・五メートルの大きな穴が開き、穴の周囲には真っ黒な土が盛り上がっていました。対戦車地雷が爆破したのです。吹き飛ばされてまだ遺体が発見されていない隊員もあったので、遺体の捜索を続けました。

高山さんは現場に供養塔を建て、八人目が祀《まつ》られるとすれば、それは自分だと決めました。

◉地雷で両足を失っても奮起したコイ・デンさん

高山さんが十年来の親しい付き合いをしている村人の一人がコイ・デンさんです。コイ・デンさんはポル・ポト兵として、政府軍やそれを支援していたベトナム軍と戦っていました。ポル・ポト派は残忍な共産ゲリラと思われていますが、実際はそうでもなく、コイ・デンさんも脅されて入隊し、殺されたくないから戦っていたというのが実情のようです。

コイ・デンさんは戦闘の最中、対人地雷を踏んで片足を失いました。片足では兵士は務まらないので、タイの難民キャンプで過ごしました。一九九六年に内戦に終止符が打たれ、軍用トラックでカンボジアに戻され、タサエンで降ろされました。

コイ・デンさんも他の人々と同じように、家族が夜露をしのぐ家を建て、ヤシの葉っぱで屋根を葺き、密林を開墾しました。その地にも不発弾がゴロゴロしているし、至るところに地雷が埋設されています。しかしそれを恐れていては生活できないので、地雷を避けて大木を切り倒し、開墾を続けました。

奥さんは農業のかたわら地雷を探して撤去するコイ・デンさんに、

「もう十分に畑はできたから、危険な地雷撤去作業は止めて！」

と頼みましたが、コイ・デンさんは耳を貸しませんでした。

そんな矢先、また地雷を踏んでしまい、吹き飛ばされました。血まみれになったコイ・デンさんはもうこれまでと思い、鎌で喉を切って死のうとしました。しかし、苦労して切り開いた自分の畑にトウモロコシがたわわに実っているのが見えました。そして家族の顔が浮かび、自殺を思い止まりました。そこで両足に義足を付けて立ち上がったのです。それから二十年が経ち、コイ・デンさんの畑には五百本の竜眼《ロンガン》がたわわに実るようになりました。

高山さんは毎年日本から視察にやってくる人々をコイ・デンさんに会わせ、不撓不屈《ふとうふくつ》で頑張っている姿を見せて、話しました。

「農民たちが命懸けで農業しているのを見ると、私は見て見ぬふりをすることはできず、これまで地雷撤去活動を続けてきました。村に平和を取り戻したかったのです」

寄る年波には勝てず、コイ・デンさんは他界しましたが、その意志は高山さんたちに引き継がれ、田畑を安全な土地に戻すべく、デマイナーたちが奮闘しています。

◉日本留学を果たしたリスラエンさん

高山さんは日中の地雷撤去活動が終わって宿舎に帰ると頭から水を浴びて体を冷やし、五時から子どもたちに日本語を教えます。進度に応じて初級クラス、中級クラスに分け、さらにコンピューータークラスも新設しました。二〇一五年十一月には日本の支援者が五百万円寄付してくださり、三教室を持つカンボジア政府認定の本格的な日本語学校になりました。現在は約六十名の生徒が学んでいます。

その中にとても熱心に勉強していた少女スロ・リスラエンちゃんがいました。リスラエンちゃんは六歳のとき、タサエンに引っ越してきました。両親が知り合いから借りた田畑は村から十五キロも離れた場所だったので、歩いて四時間もかかりました。とても通うことはできないので、畑の側に小屋を建て、農繁期の一ヵ月はそこで生活し、トウモロコシやゴマを育てました。だから学齢期になっても小学校には行けませんでした。

八歳になると親戚に預けられ、そこから小学校に通い、六年生のとき、日本語教室に通うようになりました。聡明なリスラエンちゃんが熱心に学ぶ様子は高山さんの目に留まり、何とか学習環境を整えてやりたいと思いました。

リスラエンさんがタサエン中学校を卒業し地元のカムリエン高校に進学して一ヵ月経ったころ、日本の支援者が、「そんなやる気がある子がいるなら、連れていらっしゃい。面倒を見ます」と申し出られたので、早速日本に連れてきて、松山市の聖カタリナ女子高校を受験させることにしました。

ＩＭＣＣＤ松山事務所の職員が二ヵ月間受験に向けて特訓し、とうとう合格し入学できることになりました。でも最初は授業がわからず、ついていけるかどうか不安でした。夕方寮に帰ると、夕食前に日本語の勉強をし、夕食後は授業のおさらいと予習です。わからない単語は辞書を引き、くり返しくり返し漢字を書いて覚え、夜中の一時、二時まで勉強しました。

高校二年の夏休みは帰国して両親や家族に会いたかったけれども、旅費がありません。ところがあいテレビが同行取材を申し出たので、帰国しました。二年ぶりに帰国し、トタンを打ちつけただけの貧しい家で、両親と抱き合って涙を流したシーンは、取材スタッフも涙を流してカメラを回しました。そのドキュメンタリーは放映され、多大な感動を呼びました。リスラエンさんはその後、松山東雲《しののめ》女子大学に進学し、勉学に部活にいそしんでいます。つい最近日本語能力検定一級（Ｎ１）に合格し、関係者の拍手喝采を得ました。

現在、青森県の八戸光星学院高校はカムリエン高校と姉妹提携し、一ヵ月から一ヵ月半の短期体験留学生を毎年受け入れています。リスラエンさんの例でもわかるように、小学校は子どもたちが通える範囲でなければならないので、多くの小学校が必要です。高山さんの訴えに多くの企業が応えてくれ、一校、二校と寄贈され、現在は十四校建ちました。

◉地域経済を興そう！

数々の経験を経て、いっそうの住民参加型の地雷撤去活動をしようと、高山さんは二〇一一年七月、新しく認定ＮＰＯ法人 国際地雷処理・地域復興支援の会（ＩＭＣＣＤ）を立ち上げました。名称に「地域復興支援の会」と入れたのは、地域の経済建設も意図したからです。

高山さんは日本の企業の進出によって村の経済を興そうと、日本に帰国するたびに、いろいろな団体で活動のビデオを上映し、広報に努めました。その結果、多くの企業や団体、個人が期待に応え、カンボジア支援が活発になりました。

集落に井戸がないと、水は池から汲んでこなければなりません。しかし池は遠く離れている場合が多く、しかもボウフラがわいていてよどんでいて衛生的ではありません。一番いいのは井戸ですが、設置に二十万円かかります。それで高山さんは日本の支援者に井戸の寄贈を呼びかけ、これに応じて現在まで各村々に三十八基が寄贈され、村人の生活環境の向上に寄与しました。

しかし困ったのは、村人には井戸が壊れたら修理するという観念がないので、壊れたら壊れっぱなしにしにしていることです。そこで修理して維持管理することを教えました。何から何まで教育です。

州や村には地場産業がないので、就職して収入を確保することができません。そこで日本の企業の誘致に乗り出し、これまで四社が進出しました。二〇〇八年に進出したのは株式会社ＪＰＣで、約百五十名の従業員が水引き封筒などを作っています。二〇一一年には各種の色紙や短冊を製作している株式会社スギウラが進出し、六十名の従業員が頑張っています。同じ年、株式会社やまとが進出し、約四十名が便箋などの紙製品を作っています。二〇一四年には株式会社キンセイが進出し、約七十名で着物を包んで保存する畳紙《たとうがみ》を製作しています。本社はいずれも愛媛県四国中央市です。日本の企業が工場を建てて雇用が促進されたので、とても活気づいています。

寄贈された井戸で水遊びする子どもたち。右端は高山良二さん

また日本国内での協力として、伊予アパレル株式会社の宇和島工場はカンボジアから十四名の技能実習生を引き受けています。そこで働いている女性たちは、いずれ服飾デザイナーになりたいとか、自分のお店を持ちたいとか、夢を膨らませています。

さらに今治市にあるこだわりのデリカ・スィーツ&ベイカリー四村《よむら》ショッパーズは、昨年からＩＭＣＤ日本語学校の卒業生四名を技能実習生として雇用しています。現在四名は唐揚げなどお惣菜を作っており、二年後にカンボジアに帰ったら、四人で力を合わせてプノンペンにお惣菜店を作ろうと夢を膨らませています。

加えて芋のキャッサバを原料とする焼酎の生産が始まったことも特記すべきことで

す。それまではトウモロコシやキャッサバはタイに安く買い叩かれていました。純朴なカンボジアの農民は付加価値を付けて高く売ることを知らないのです。

高山さんはキャッサバで焼酎を作ったらどうかと考え、日本の酒造メーカーの指導を得て試行錯誤の末に、味わい深い赤い焼酎が醸造できました。ラベルにはカンボジアの代表的な観光名所アンコールワットをデザインし、バッタンバン州知事が「ソラークマエ」と命名しました。これがカンボジア復興のシンボルとして評判を呼び、前述の株式会社四村ショッパーズに輸出し販売するようになりました。

続いて成果が上りつつあるのが、サトウキビを原料としたラム酒です。また村民の畑で栽培されているレモングラスを蒸留して精油を採取し、品質のいいレモングラスオイルの製品化に成功しました。これも日本やアメリカへ輸出され、外貨を稼ぐようになりました。こうして村全体が何か新しい事業を始めようと活気づいています。

高山さんが主導するカンボジアでの地雷撤去活動は十七年過ぎましたが、最近ではステージが上がって、バッタンバン州の産業育成にも注力しています。前述したように農業などの第一次産業だけだった産業構造を変えようという動きが高まってきました。

そのために元バッタンバン州知事や前州副知事を日本に招聘《しょうへい》し、愛媛県知事を表敬訪問し、県民との交流を図りました。それに応えて愛媛県知事や愛媛県経済ミッション視察団がプノンペンを訪問し、カンボジア政府副首相や労働大臣と会談しました。このように日本企業を誘致し、カンボジアの産業振興に役立てようという機運が盛り上がってきました。高山さんはその動きを見て、とうとうここまで来ることができたかと感慨深いものがあります。日本が手伝うことができるのはたくさんあるのです。

◉不毛の責任論を超えて

誰がカンボジアの地雷原を撤去するのか？　その責任を問えば、カンボジア政府、内乱につけこんで革命を起こそうとしたベトナム、それを支援した中国やソ連（現・ロシア）ですが、内戦終結後はどの国も知らぬ顔をしてそっぽを向いています。そこで国連が乗り出し、日本が戦後復興と平和維持活動に重要な任務を負い、大任を果たしました。

しかし、その後も不発弾や地雷の犠牲者は後を絶たず、やむにやまれず高山さんが立ち上がりました。お人好しといえば、これ以上のお人好しはありません。でも、高山さんはあっけらかんとした表情で語ります。

「責任論を言い出せばキリがありません。それよりも現状の悲惨さを見た誰かが行動を起こさなければなりません。平和な未来を切り開くために、誰かが負の遺産を背負って、解決のために汗を流さなければいけません。見て見ぬ振りはできないので、PKOに派遣された私が行動を起こしただけです」

夏場は四十度を超す地雷原で作業するのは大変なことです。でもそれは地雷を埋設した代価は支払わなければならないと厳しく教えてくれる遺産です。高山さんは誰も責めず、黙々と行動しています。だからこそその無償の行為を知った人々が、

「私ができることをさせてください」

と、支援に乗り出したのです。街頭募金を始めた小学生、利益の一部を寄付してくれた企業、村々に井戸を設置したロータリークラブや婦人団体、小学校を寄贈してくれた人、東温《とうおん》市の「海を渡る車椅子実行委員会」は毎年車椅子を十台から十五台寄贈してくれ、もう六十五台にもなるなど、枚挙にいとまがありません。テレビや新聞雑誌も報道してくれ、いま大きなうねりになりつつあります。高山さんはそれらの温かい支援を受け、野外活動で日焼けした顔をほころばせて語ります。

「いつ地雷を踏んで爆発するかわからない不気味な地雷原は、戦争という無謀なことをすれば、必ずツケを払わなければいけないことを私たちに教えてくれています。平

和、平和とただ唱えているだけでは、平和はやってきません。地雷撤去活動は平和を構築する運動なのです」

カンボジア政府の調べでは、地雷は四百万個から六百万個埋設されているそうです。一年に一万個爆破処理できたとしても、四百年から六百年はかかる計算になります。

現在、日本からタサエンに毎年約百七十名前後、二〇〇六年から今日まで累計で約千五百名が訪れていますが、みんな大変啓発されています。

◉空想的平和論から現実的平和論へ

かつての紛争地に身を置き、地雷撤去に汗水流しながら遠く日本を眺めたとき、高山さんは危惧するものがあり、悲しみを込めて、真情を吐露しました。

「日本は七十四年前に戦争に敗け、連合国に占領されました。そして占領政策がそのまま続いていることに全然気づかずにいます。特に問題なのは、国際社会の現実を無視し、軍事的にものを見ることをタブー化してしまったことです。

国が存続する基礎は祖先から受け継いだこの国を子や孫の代により良い国として申し送ることで、それは人として自然な欲求であり、すべての民族の本能でもあります。

私は国際情勢の現実から目を背け、軍事的観点がゼロになった日本国民が、集団的自衛権や安保法制、あるいは憲法改正など、国の基礎に関わる判断が正しくできるのかどうか、疑問を持たずにはおれません。

軍事を知らないから、戦争反対と叫ぶだけで平和がやってくると思い、みんな空想的平和論に陥っています。国際情勢の現実から目を背けないで、どうすれば本当の平和が実現できるのか、相手に鉄砲の引き金を引かせないためにどうしたらいいか、備えることを怠ってはいけません。そのことを私は地雷処理の現場から世界に訴え続け、現実的平和論を行動に移している人々と行動を共にしたいと思います」

◉村人の中に溶け込んで

村を歩いていると、高山さんを見かけて子どもたちが走ってきます。

「ター（おじいさん）、遊ぼう」

それで新設されたばかりの井戸から水を汲んで頭からかけてやると、キャッキャと喜びます。通りに面した家々からも声がかかります。

「ター、ご飯はもう食べたの？　よかったらうちで食べていかない？」

「ター、漬け物ができたから持っていって」

「ター、ここに来て少し涼んでいきなさいよ」

高山さんはすっかり村人に溶け込み、村の住民になっています。高山さんが七十一歳の誕生日の五月九日にはみんなが集まってお祝いをしてくれました。

「こんなに愛されて幸せなことはありません。私が死んだら分骨してこの村に埋めてもらいます」

「それにしても見事な人生を歩んでおられますね」

と水を向けると、高山さんは「そんなことはありません」と謙遜します。

「私はずっと優柔不断で行き当たりばったりの人生を過ごしてきました。自衛隊に入ったのも、高校三年のとき入隊を勧めに来た自衛官に誘われてたまたま入隊しただけであって、志か何かがあったわけではありません。自衛隊ではただの勤め人でしかなく、自分でも恥ずかしいくらいいい加減でした。もちろんその時々の目標ややりがいはありましたが、どちらかというとずるずる来てしまったというのが本当のところです」

と、高山さんは謙遜します。

「しかし、カンボジアにＰＫＯで派遣されてから変わりましたね」

タサエン村の日本語学校で学ぶ子どもたち

「私にとってＰＫＯは桁外れの経験で、それまでの人生で経験したことのないものでした。内戦の悲劇をまざまざと見、それまでのことが霞んでしまいました。そして私がこれまで培ってきたことでお役に立てる！　とやりがいを感じました。四十五歳でようやく人生のスイッチが入り、遅まきながらエンジンがかかりました」

　高山さんは「人生のスイッチ」が入ったと強調します。地雷撤去活動に端を発し、村での日本語やパソコンの教育、井戸の設置、ゴミ減運動の指導、日本企業の誘致、日本留学の世話、地場産業の育成と、八面《はちめん》六臂《ろっぴ》の活躍です。高山さんは、

「いやあ、あれも私の経験と人脈を活かしてくださったからできたことです。みなさ

んの協力があったからここまで広がってきて、実質的なものになってきました」と頬をほころばせます。自分のリーダーシップだとか決して誇らず、

「私はただアイデアを出して、みんなで協力してやっただけです」

と謙遜されます。でも、だからこそ形ができあがってきたのです。それを高山さんのリーダーシップと言わず、何と言うのでしょうか。第二の青春まっただ中の高山さんは幸せのオーラに包まれていました。

定年退職してから三、四十年は過ごさなければならない「人生百年時代」が来ようとしています。とすると現役時代に培った知識と経験を生かして、第二の人生で社会貢献するのも一つの方法です。発展途上国にとって私たちの熟練した経験はノドから手が出るほどに欲しいものです。よりよき地球をつくるために、今こそ私たちの〝経験〟を生かすときが来ました。高山さんのケースは私たちに多くのヒントを与えてくれているような気がします。

第五章

子どもの志操を育てる偉人伝

――子どもたちをいきいきさせる林敦司先生の道徳教育

◉教育が果たす役割

「子どもたちの志操形成に、偉人伝がどういう役割を果たすか」を書いた好著がありま す。教育評論家が書いた抽象的な本ではなく、小学校で実際に道徳教育に携わっている教師の実践報告ともいえる本で、とても感銘を受けました。現在、鳥取県八頭《やず》郡八頭町立船岡小学校の校長である林敦司《あつし》先生の著書『道徳教育と江戸の人物学　伝記資料の開発と授業づくりの方法』（金子書房）です。

林先生は平成十八（二〇〇六）年、文部科学大臣から優秀教員として表彰され、現在は日本道徳教育学会の監事や鳥取県道徳教育研究会の副会長を務め、文部科学省の道徳の教科書の編集にも関わっている教師です。

林先生は長年、道徳の教材開発や授業づくりの研究と実践をする中で、子どもたちの人間形成の営みは、抽象的で観念的な理論に導かれるよりも、偉人と呼ばれる人たちの具体的な歩みに学んだほうが、子どもたちの現実的な力になりやすいと感じています。

そこで私は鳥取県に行くたびに林先生にお会いし、教育現場での子どもたちの反応をお聴きしました。そして実践をお聴きするにつけ、林先生の人間観の確かさに共感しました。例えば林先生は五年生の道徳の授業で、江戸時代後期の学者、塙保己一《はなわほきいち》について話をしました。その様子を再現してみます。

◉ヘレン・ケラーが励まされた碩学塙保己一

「皆さん、奇跡の人として世界中の人々から尊敬されている盲目のヘレン・ケラーを知っていますか」

子どもたちからは「もちろん知っていま〜す！」と元気な声が返ってきました。それに応えて、林先生は導入としてヘレン・ケラーの話をしました。

「ヘレン・ケラーは二歳の時、熱病にかかって、聴力、視力、それに言語能力を失ってしまいました。でも家庭教師のアン・サリヴァン先生から指文字を教わったことから、学ぶことの楽しさを覚え、とうとうアメリカで最高の知性の殿堂と呼ばれるラドクリフ・カレッジ（現・ハーバード大学）に進みました。卒業後は社会福祉において目覚ましい活動をしました」

子どもたちの興味は巧みに引き出されていきます。

「そのヘレン・ケラーが、昭和十二（一九三二）年、初めて来日したとき、東京の温《おん》故《こ》学会を訪問しました。ここは塙保己一の偉業顕彰の目的で、明治四十三（一九一〇）年に設立された会館です。そこで、盲目でありながら大学者になり、日本の国文学、国史研究に大きな貢献をした塙保己一のことを紹介されました。ところがヘレン・ケラーはすでにホキイチ・ハワナのことを知っており、ハナワ先生の座像を両手でくまなく撫でながら、出迎えた人々にこう話しました。

『実は私は子どものころ、母からハワナ先生のことをお手本にしなさいと、くり返し言われて育ちました。私は目も見えず、耳も聞こえません。何度も挫《くじ》けそうになりましたが、盲目でありながら大学者になったハナワ先生を目標にし、励まされて、今日まで頑張ってきたのです』」

それは単なるリップサービスではなく、ヘレン・ケラーは本当に塙保己一に励まされ、三重苦をものともせず、見事な実績を挙げ、世界に知られるほどの人間になったのです。林先生はヘレン・ケラーが保己一の座像を撫でている写真を見せて説明したので、教室にどよめきが走りました。子どもたちの興味は俄然《がぜん》塙保己一に向かったのです。

◉目が見えないことにしょげなかった塙保己一

そこで林先生は塙保己一について話し出しました。

「塙保己一は今から二百七十年ほど前に、武蔵国（現・埼玉県）に農家の子として生まれました。幼いころから病気がちで、七歳になったとき、今度は視力を失ってしまいました。その上、頼りにしていた母親が亡くなり、悲しみと不安が保己一を襲いました。

十五歳の夏、学問で身を立てるため、故郷を出ました。江戸に着くと、目の不自由な人の組織（当道座《とうどうざ》）に入って、鍼《はり》などの訓練を受けました。でも学問をしたかった保己一はどうしてもその生活になじめず、悩み苦しんだ末に、川に身を投げてしまいました。ところが幸いなことに一命を取り留めたので、当道座の師匠はそこまで学問をしたいのならと、三年間の学問を許してくれました。

目が見えない保己一は自分では本が読むことができないので、誰かに読んでもらい、それを聴いて暗記するしかありません。だから保己一は本を読んでくれる人を探して、毎日のように町を尋ね歩きました。たとえ読んでくれる人が見つかっても、紙に書き留めたり、読み直しをお願いしたりできないので、精神を集中してひたすら聴き入り、記憶しようと努めました。

ある夏の夜のこと、訪ねた家の人が、本を読んでくれることになりました。すると保己一は何を思ったか、自分の両手を紐《ひも》でしばりました。驚いた家の人が、

「どうしたのです。それでは蚊を追い払うこともできないでしょう」

と訊きました。すると、保己一の返事が振るっていました。

「蚊に刺されると、つい手が出てしまいます。でもそれでは気が散ってしまい、先様《さきさま》にせっかく読んでいただいたところを聴きもらしてしまいます。それで両手をしばり、蚊に気が奪われないようにしました」

と答えました。家の人は一心不乱に聴き入るためだったことがわかり感心しました。

家に帰る途中も、たったいま聴いたばかりの本の内容を忘れないように、暗誦しながら歩きました。曲がり角で壁にぶつかったり、つまずいて転んだりしても、暗誦する声を止めませんでした。それほど集中して暗誦に努めたのです。

あるとき保己一の噂を聞いた学問好きな侍が、彼の勉強に協力してくれることになり、

「朝の四時から八時までなら本を読んでやれるが、どうであろう。ちと早くて辛いと

思うが、もしよければ一日置きに来るがよい」

と申し出ました。飛び上がらんばかりに喜んだ保己一は、喜々として答えました。

「いえ、少しも早くなんかありません。必ず伺います」

願ってもない申し出でした。

◉保己一は記憶するために大変集中した！

朝の四時といえば、外は暗く人々はまだ寝静まっている時刻です。しかし保己一はその時刻が待ち遠しくてたまりません。

その日は一段と寒い朝でしたが、保己一は白い息を吐きながら、通いなれた道を急ぎました。満天の星が彼の頭上を照らしていました。

勉強が始まり、侍が本を読み始めると、保己一はいつものように全身を耳にして、ひと言も聞き漏らすまいとじっと聞き入りました。お茶を運んできた家の人はその真剣な姿を見て、身動きできなくなってしまいました。

やがて本を読む声が止まると、保己一の耳に周りの物音が聞こえてきました。それに庭の松に光が射してきたのか、光の匂いがしました。保己一は突然胸の奥に熱いものがこみあげてきました。

（――師匠はじめ、みなさんが私を支えてくださっている。父母は私に命を授けてくださった。何とありがたいことか。何としてもみなさんにご恩返しをしなければいけない）

保己一はその後ますます学問に打ち込んで数万冊を暗記し、やがて天下に名の知れた学者になり、和学講談所という学校をつくり、多くの人々を教授しました。

また古典が散逸《さんいつ》してしまうのを危《あや》ぶんで、幕府、諸大名、公家、寺社などの協力を得て、古代から江戸時代初期の国文学、国史、千二百七十三種を収集し編纂《へんさん》して、寛政五（一七九三）年から文政二（一八一九）年にかけて、五百三十巻、六百六十六冊という一大叢書《そうしょ》『群書類従《ぐんしょるいじゅう》』を刊行しました。実に四十一年の歳月をかけて、日本の貴重な書物を後世に残すという大事業をなし遂げたのです。そして文政四（一八二一）年九月十二日、七十六年の生涯を閉じました」

学問するには大変なハンディを背負っていた塙保己一がそれを克服しただけではなく、古書の散逸を恐れて収集し、編纂するに至った話は子どもたちの心に染み込みました。

塙保己一はその後、正編に続いて続編の編纂に取り組み、没後は弟子たちがその編纂事業を引き継いで二千百三種を編纂し、千巻千百八十五冊を刊行しました。弟子たちの努力は明治時代に入っても続き、『続々群書類従』が刊行され、わが国の歴史学、国文学の学術的研究に多大な貢献をなしました。

実は今日私たちが使っている原稿用紙も、塙保己一が『群書類従』を刊行するに当たり、版木を二十字×二十行に統一したことに起因しているのです。

◉「人物に学ぼう」という林先生の教育論

林先生は長年の研究と実践の結果、道徳の授業で刻苦勉励とか誠実という徳目を教師が説くよりも、それを実行し体現した偉人が生涯を貫いたものに目を向けさせたほうが効果が大きいと言います。それは近代教育史研究で世界の耳目を集めた故唐澤富《からさわとみ》太郎《たろう》東京教育大学名誉教授（一九一一～二〇〇四）の影響も大きいと言えます。唐澤教授は近代教育研究三部作の一冊『教科書の歴史』（創文社）で次のように述べています。

「戦後の教科書では、既に述べたように人間像を具体的に与える点において極めて抽象的であり、児童の心性《しんせい》に直截《ちょくせつ》に訴えるようなものはまことに僅《わず》かであつた。その意味で戦後の教科書は、児童達に明確で印象的な人間像を与えることが出来なかつた」

唐澤教授も具体的な人物を通して価値観を訴えることの重要性を説いていますが、人物論といえば、宰相の指南役といわれ、多くの人々に師父と仰がれた安岡正篤《まさひろ》先生も「人物にこそ学べ」と説いています。

「どうすれば人物が養えるか。（中略）それは極めて明瞭であって、第一に人物に学ぶことであります。つまり吾々の、出来るならば同時代、遡《さかのぼ》って古代、つまりは古今を通じて、凡《およ》そ優《すぐ》れたる人物というものを見逃してはならない。

出来るだけ優れたる人物に親炙《しんしゃ》し、時と所を異にして親炙することが出来なければ、古人に学ぶのである。人物の研究というものは抽象的な思想学問だけやっておっては遂げ得られないものです。どうしても具体的に、生きた優れた人物を追求するか、出来るだけそういう偉大なる人物の面目を伝え、魂をこめておる文献に接することであります。その点古典というものは歴史の篩《ふるい》にかかっておりますから特に力がありま す」（『経世瑣言』致知出版社）

親炙とは尊敬する人と実際に交際して、直接その感化を受けることをいいますが、具体的人物から受ける影響は極めて大きいと言えます。

魅力ある授業をして子どもの心象にインパクトを与えるためには、事前の勉強は欠かせません。林先生の偉人を取り上げた教材開発と丹念な授業づくりは、前述した著書『道徳教育と江戸の人物学』はもちろん、日本道徳教育学会の『道徳教育入門』（教育開発研究所）や教師のための参考書『児童心理』（金子書房）などで発表され、多くの教師に具体的アドバイスを与えています。

◉西アフリカの取材で気づいたこと

林先生の話をお聴きしながら、私は『アメイジング・グレイス——魂の夜明け』（廣済堂《こうさいどう》出版）を書くために、平成二十三（二〇一一）年十一月、取材に訪れた西アフリカのガンビアで出会った高校教師エブライマ・ジャディマさんの述懐を思い出していました。私はホテルに泊まるよりも、アフリカ人の生活の実態に触れ、人々と交流したかったので、日本の奨学金でガンビア大学を卒業して教師になったエブライマさんを紹介してもらい、そこに泊めてもらいました。

漆黒の肌をした三十代前半の、ラグビー選手のようながっしりした体格のエブライマさんは、ガンビアの建国の夢を描きながら、高校生の教育に没頭している青年教師でした。

一日中取材して家に帰ると、高校での仕事を終えて帰ってきたエブライマさんと、家の軒先に出て、月の光を浴びながら、いろいろな話をしました。私が取材してきたことをエブライマさんに話すと、それがどういうことを意味するのか、その歴史的背景などを解説してくれます。そのお陰で私はアフリカ社会に対して歴史的視点が持てるようになりました。

ある夜、ガンビアの産業に話が及んだとき、エブライマさんは日本との比較を述べ、うらやましがりました。彼はスポンサーを得て数年前日本に招待されたとき、日本社会をつぶさに見てまわり、冷徹な眼差しで観察しました。そしてこういう見解を持つに至りました。

「私は日本の新幹線や高層ビルに代表される豊かな社会がうらやましいとは思いません。いずれはガンビアもそうなれるでしょう。それよりも日本にその繁栄をもたらしているのは〝教育〟であって、教育が見事に確立されているのがうらやましいと思いました。日本では先人が苦労してつかみ取ったものが本として残され、それが若い世代に読み継がれ、奮起し、ついには文化となっていました。

日本は江戸時代にはすでに寺子屋や藩校が発達し、明治になると学校教育が整備され、国民の知育、徳育、体育に力を入れました。その結果として産業が隆盛し、市民生活が豊かになったのでした。

ガンビアがアフリカでも最貧国といわれるほど貧しいのは、先人の知恵が引き継がれていないから民度が低く、産業が発達しません。日本は大企業だけが優秀なのではなく、それを支える中小企業や町工場が裾野のように広がっていて、そこにも技能が集積されています。私はそこに日本の社会の厚みとすごさがあると感じました」

エブライマさんが高校教師になったのも、ガンビアを近代国家につくり上げていく〝人材〟が育たなければ、この国に未来はないと感じたからだそうです。その意味でも日本視察はエブライマさんに祖国建設の確かな視点を与えたようでした。

夜更けまで熱心に話し合う私たちを中空に昇った初冬の月がこうこうと照らし、充実した時間が流れていきました。

林先生が「先人の知恵を学び、それを子どもたちの実人生に活かそう」と試みていることは、エブライマさんが真の建国と児童生徒の育成のためには、先人の知恵を学ぶ古典教育が欠かせないと考えていることと一致するように思います。

◉「てんぎゃん（天狗）」と呼ばれた少年南方熊楠

世界的な博物学者南方熊楠《みなかたくまぐす》を採り上げた林先生の授業は参観に値します。またなぜ吉田松陰は教育者として多大な成果を挙げ得たのか、これも林先生の視点からのちほど究明したいと思います。

林先生は長年現場で道徳教育を行ってみて、人物を採り上げた教育に一番手応えを感じていると語ります。

「道徳科の授業に偉人や先哲を扱う一番の効果は、子どもたちがそれらの人物の叡智《えいち》を自分の中に取り込み、例えば『勝海舟ならこう考えるのではないか』とか、『西郷隆盛ならこの局面ではこのように行動するに違いない』という判断軸を得ることです。

そしてそういう判断軸がいつしか血となり肉となって、大所高所からものごとを俯《ふ》瞰《かん》できるようになり、自分の人生に前向きな姿勢を持つようになります。そうならしめたものです」

その一例として林先生は粘菌の研究で世界的な功績をあげた博物学者で、民俗学者でもあり、天文学者でもある南方熊楠《みなかたくまぐす》（一八六七〜一九四一）を挙げました。南方は大学予備門（現・東京大学）を中退して渡米し、その後英国に移り、大英博物館の研究員としてはなばなしい成果を挙げ、粘菌の研究で科学雑誌「ネイチャー」にしばしば論文が掲載されました。南方は十八の言語を解し、イギリスの天文学会の懸賞論文で、専門の植物学以外のテーマなのに何と一位を獲得しています。

　このように一流の大学に教授として迎えられてもおかしくない業績の人ですが、南方はそうしたことには全然興味はなく、一生在野の研究者として通しました。「知の巨人」とか「歩く百科事典」とも呼ばれた南方のことを、林先生は六年生の道徳授業で次のように紹介しました。

◉植物採集に明け暮れた熊楠

「『子どもがてんぎゃん（天狗）にさらわれたぞ～』」

　村は蜂の巣をつついたような騒ぎになっていました。少年が帰ってきたのは、それから三日もたってのこと。山で草花や昆虫の採集に夢中になっているうちに、家に帰るのをすっかり忘れてしまったらしいのです。もちろん、少年はお父さんにひどく叱られました。でも、しばらくすると、また山へ出かけて行きました。町の人々はこの少年のことを『てんぎゃん』と呼ぶようになりました。

少年の名前は、南方熊楠といいます。慶応三（一八六七）年に、現在の和歌山県に生まれ、幼いころから生き物が好きで、小学生になると本で見た草花や昆虫を探して野山を歩き回りました。実際に自分の目で見て、耳で聞き、触れてみなければ納得できない性格なので、先生の話を聞くだけの勉強は退屈でした。授業が始まると、弁当箱に入れてきたバッタやカニを取り出してはこっそり観察していました。

十九歳になった南方は、世界中を駆け回って、もっともっと自然の不思議を知りたいと言って外国へ飛び出して行きました。アメリカでは珍しい植物を探して、誰も行かないような所まで足を踏み入れました。キューバで採取した地衣類《ちいるい》が新種として認められたのはこのころです。

イギリスに移ると、大英博物館に毎日のように通い、たくさんの本を読んで勉強しました。ところが、次第に実家からの送金が滞るようになり、思うように研究が続けられなくなってしまったのです。南方は馬小屋の二階を借りて、そこで食うや食わずの生活をしながら研究生活を続けました。明日がどうなるかわからない暮らしでしたが、尊敬するスイスが生んだ世界的博物学者ゲスネルが貧しさの中で研究を続けたことを思い出して、『私は日本のゲスネルになるんだ』と自分を励まし、研究を続けたのです。

こうした海外の生活で、新しい植物や菌類（キノコの仲間）を発見し、研究の成果を科学雑誌『ノーツ・アンド・クエリーズ』に発表しました。また世界的にも有名な権威ある科学雑誌『ネイチャー』に三十六篇の論文が掲載《けいさい》されました。そしていつしか、外国の博物学者の間で『日本のミナカタ』の名前を知らない人はいなくなっていました。

十四年ぶりに日本に帰った南方は、紀伊半島の南部に広がる熊野の森に入りました。この森は山が深く、原生林が空を覆って、黒々と生い茂っています。南方は思わず息を呑み込みました。

この森で枯れ木などにできる粘菌の採集に明け暮れました。粘菌はバクテリア（細菌）を食べる動物ですが、キノコの形に変化して植物にもなります。南方は、この菌が命の不思議を知る手がかりになるに違いないと直感し、研究に没頭しました。顕微鏡をのぞくたびに、

『森ではすべての命が一緒になって生きている！』

と、大きな目をきらきらさせてつぶやくのでした。そして熊野の森で次々と新しい粘菌を発見し、『ネイチャー』誌に発表しました。

ところが明治三十九（一九〇六）年、『神社合祀令《じんじゃごうしれい》』という法律ができて、村々にあった神社が取り壊され始めました。それと一緒に鎮守の森の木も切り倒されたのです。

南方は森を失った村を歩きながら、

『井戸水が濁って飲めなくなった』

という村人の話を聞きました、また別な村では、

『害虫が増えて作物が荒らされる』

という相談を受けました。人の暮らしと自然の関わりを見てきた南方には、村人たちの訴えが、木を切ったことが原因だとわかりました。それだけでなく、神社や森をなくしたことで、心の拠《よ》り所まで失っていることに気づいたのです。

南方は大楠の下に来て、その大木を見上げたまま、じっと考えました。南方にとって自然保護運動は人間のいのちを守る運動でもあったのです。

南方は人生の最期、病の床でまぼろしを見ていました。

『ああ、天井に美しい紫の花が咲いている……』

この言葉を最後に、静かに息を引き取りました。〝てんぎゃん〟と呼ばれた少年時代の夢を追いかけながら、自然や命の大きさを体いっぱいに感じ取った七十四年の生涯でした」

南方は大学教授になったわけではないので、経済的には恵まれませんでしたが、自然の生き物を愛し、相手が誰であろうと怯《ひる》むことなくひたすら森羅万象に挑んだスケールの大きな生涯でした。

昭和三十七（一九六二）年、南紀白浜を訪れた昭和天皇は、

雨にけふる神島を見て

　紀伊の国の生みし南方熊楠を思ふ

と歌を詠まれました。昭和天皇の歌に人の名前が詠まれたのは、この一首だけだそうです。

◉「挫けそうになったら、熊楠さんに相談したい！」

この授業で子どもたちは南方熊楠に強い関心を示しました。苦学して学を成したスイスの世界的博物学者ゲスネルを目標とし、「われは日本のゲスネルとならん」と自分を奮い立たせた南方のあり方は、子どもたちを大いに発奮させました。そこである

児童の感想文でその反応を見てみましょう。

「私は南方熊楠さんが大好きになってしまいました。それは私と同じように自然が大好きで、自由奔放で奇想天外、少年のころからの夢をずっと追い続けた姿に共感しました。

ものすごく好きなことがあるっていいな！　強くなれるんだ！　私も好きなことを夢中に取り組んだり、勉強したりして、魅力のある強い人、優しい人、生涯貫くものを持てる人になれたらいいなと思います。

挫《くじ》けそうになったり、迷ったりしたときは、私のあこがれの人・熊楠さんにそっと相談したり、答えを教えてもらったりして、一歩一歩前へ進みたいと思います」

林先生はこうした感想文を読みながら、「人物を扱った教材は、子どもを発奮させる」と意を強くしたのでした。

◉森信三先生も推奨する伝記による教育

林先生がそういう思いを強くしたのは、教育界で燦然《さんぜん》とした光を放っている森信三《もりのぶぞう》先生（一八九六〜一九九二）の教育哲学に触れたことからです。森先生は戦前、満州の建国大学で、戦後は神戸大学教育学部で教鞭を執っており、その門下生から多くの優れた教育者を輩出した「国民教育の父」として知られています。森先生は、

「伝記は人間の生き方を教える意味において、いかなる時期に読んでもそれぞれに教訓が得られる」

と前置きし、敢えて二つの時期が重要だと説いています。

第一の時期は十二、三歳から十七、八歳にかけての「立志の時期」、第二の時期は三十四、五歳から四十歳前後にかけての「発願《ほつがん》の時期」だといいます。「立志の時期」とは、「一生の方向を定め、しかもその方向に向かっていかに進むべきかという、腰の構えを決める時期」だといいます。また「発願の時期」には「自分の後半生をどこに向かって捧ぐべきかという問題を改めて深く考え直すために、もう一度深く伝記を読まなければならない」といいます。

そうした森先生の言説を踏まえて、林先生は自著『道徳教育と江戸の人物学』で、人間に「立志の時期」や「発願の時期」があるのは、「善く生きたい」といういのちの発露があるからだといいます。

「なぜ、他者の生き方がこれほどまで自己の人間形成に影響を与えるのだろう。その理由のひとつは、人間がだれしも善さを求めて生きる存在であることによる。

何が善いのか、どのように行動することが善い生き方なのかをつねに自分に問いかけ、同時に、夢や理想に向かって生きようとしているのが人間である。

つまり子どもたちが偉人に関心を寄せ、善い行いをした人の話を聞くのを好むのは、彼らの善く生きようとする心の働きが、そのあり方を教えてくれる具体像を求めるからである」

そしてこう力説します。

「結論を先に述べるならば、伝記教材を通して理想的な人物に出会わせることである。それによって湧出される原初的な心的エネルギーが、子どもの感性を大きく揺さぶるのである。たとえば正義ある行為を喜び、悪や不正を憎むというような道徳的要素が登場人物に現れており、その人物の人間的本質に触れることができたとき、祖先から受け継いだ真実や善に対する道徳的感情が目を覚ますことになる」

子どもの感性を大きく揺さぶるには、理想的な人物に引き合わせることが一番だというのです。

◉楽しく学ぶことよりも、偉人に学んで人格を磨くことが大切だ

そうして林先生は、幕末の儒学者佐藤一斎（一七七二〜一八五九）の『言志録《げんしろく》』十条の言葉を引用して、自説を述べます。

「人は須《すべか》らく自ら省察《せいさつ》すべし。『天何《てんなん》の故に我が身を生み出し、我れをして果たして何の用にか供《きょう》せしむる。我れ既に天物《てんぶつ》なれば、必ず天の役《やく》あり。天の役共《つつし》まざれば、天の咎《とがめ》必ず至らん』と。省察してここに到れば、則ち我が身の苟《いやし》くも生く可《べ》からざるを知らむ」

（人間は自分というものを真剣に考える必要がある。「天はなぜ自分をこの世に生みだし、何の用をさせようとするのか。自分はすでに天の物であるからには、必ず天から命ぜられた役目があるはずだ。その天の役目をつつしんで果さなければ、必ず天罰を受けるだろう」と。このように反省し考察すると、人はただうかうかとこの世に生きているだけではすまされないことがわかる）

「そこにあるのは自分に課せられた天命の自覚であり、それを実現せずにはおかないという使命観です。人間は自分を叱咤激励して、天命の成就に向かってこそ、燃焼し尽くしたという人生を送れるのではないでしょうか。

ところが現代の教育は『楽しく学ぶ』ことばかりを強調し、学問によって『人格を磨く』という意味合いをほとんど失ってしまいました。幕末や明治の日本人が近代史上において重要な役割を演じることができたのは、たとえば新井白石の『折りたく柴の記』や福沢諭吉の『福翁自伝』に見られるように、自己を鍛える学問を通して自己の精神を養っていたからではないでしょうか」

林先生は偉人や政権に照らし合わせ、発奮してこそ、見事な人生を送ることが出来ると考えます。そして偉人を子どもたちに紹介することこそ、教師の使命だというのです。

●吉田松陰はなぜ優れた教育者でもあったのか

さて、江戸時代や明治期を生きた人物の中で、林先生が高く評価している人に吉田松陰がいます。吉田松陰の松下村塾での教育はわずか一年二ヵ月、塾の教室は、最初は四畳半の一室のみ（後に増やして三部屋）、卒塾生は九十二名でしかありませんでした。全国から優秀な青年たちを集めたのではないにもかかわらず、萩城下の小さな私塾から明治政府の屋台骨を背負う人材が輩出しました。九十二名の卒塾生の中から、総理大臣になった人が二名、大臣になった人が二名、県知事になった人が四名出ているところをみると、松陰は一人ひとりの能力を引き出す類《たぐい》まれな教育者でもあったといえます。

林先生は同じ教育者として、松陰の教育にスポットライトを当て、松下村塾生の天野清三郎が講義の際の師の様子を語っている言葉を引用して語りました。

「『先生は塾生に書を講ずるにあたり、忠臣・孝子が身を殺し、節に殉ずるなどのことに至ると、目に涙をため、声を震わせ、はなはだしいときは熱涙が本にしたたるほどであった。つられて塾生が感涙にむせぶということがよくあった。また逆臣が君公を苦しませるような話になるとまなじりが裂け、大声を発し、怒髪《どはつ》天を衝《つ》くというありさまであった』」

松陰先生は講義においても本気だったのです。口先で語っているのではなかったから、それほどまでに感情がほとばしり出て、塾生も感涙にむせびました。

松陰先生は常々、『もし長州藩が世に大いに顕れるとすれば、それはこの松下村塾によってである』と断言していました。それだけの思いを込めて教育しているという自負があったのです。

しかし客観的に見れば、同じ萩城下には一万四千坪の敷地を誇る藩校明倫館《めいりんかん》がありました。水戸藩の弘道館、黒田藩の修猷館《しゅうゆうかん》などとともに名を挙げられる名門です。優秀な成績で明倫館を卒業すれば、藩の重臣として登用されることが約束されていました。ところが一私塾でしかない松下村塾から重臣への登用などゼロでした。

だから松陰先生の自負は、蟷螂《とうろう》の斧《おの》のように見えてもおかしくありませんでした。蟷螂とはカマキリのことで、蟷螂の斧とは力のない者が、自分の実力もかえりみずに強い者に立ち向かうことをいいます。

結果はどうでしたか。

みすぼらしい松下村塾のほうが、前述したようにはるかに多くの人材を輩出しました。ということは師たる者が弟子をどれだけ発奮させられるかにかかっているということです。塾生たちを発奮させることにおいて、松陰先生には明倫館の師範の誰にも負けないという自負があったのです。教育技術の問題ではなく、生き方の真剣さの度合いにおいてです」

林先生の教育観が松陰の本質をえぐり出しているといえます。

◉すべてのことに表れている松陰の死生観

その一例を江戸に遊学する久坂玄瑞《くさかげんずい》を送り出すとき、松陰が玄瑞に贈った「送辞」に見ることができると、林先生はそれを引用して力説します。

「『今や天下は大変革の兆《きざ》しがある。ところで実甫《じつほ》君（※玄瑞のこと）、君は吾が松下村塾を代表する存在だ。実甫君、往《ゆ》け！　偉丈夫たる者、この天地の間に生まれて、自分が赴《おもむ》くべき所を知らなかったら、志気と才をどう用いるのだ。生は死に及ばないとわかって久しい。天皇さまがおられる京都や江戸を訪ねれば、天下に名が轟いた英雄や豪傑に会えるだろう。彼らを訪ね、天下の義のあるところを論じ、萩に帰国して、君が長州藩の公是を定めるようになるのは願うところだ。もしそれができないとすると、私が君を第一流の論客として紹介するのは偏《かたよ》った見方になるわけで、天下の士に恥ずかしいことになる。

実甫君よ、往け。これを君に贈る言葉とする』

客観的にみれば、江戸遊学は大勢いる若手藩士を教育のために送り出す、いつものことかもしれません。しかし松陰先生はいつものことと思わず、藩の公是を決める決定的な旅になるのだと、玄瑞に自覚を迫っています。

こんな言葉で送り出されたら、玄瑞はもう物見遊山の浮かれ旅はできません。玄瑞は相当な覚悟を持って、江戸で一流の人士と交流して議論をし、格段に密度の濃い江戸遊学を送りました」

そう説く林先生の例話は極めて適切です。

「それは次のような例で説明できます。大学サッカーの同好会と体育会のサッカー部を比べると、前者は遊び半分の楽しむ会に過ぎませんが、後者はプロのスカウトも視察に来ている真剣勝負のサッカー部で、レベルも真剣さの度合いもまるで違います」

次の送辞にも松陰先生の死生観が表出されています。

『生の死に如《し》かざるや、これ久し』――生は死に及ばないとわかって久しいではないかと言われます。決死の覚悟で事に臨む人と、遊び半分の人とでは、最初から勝負はついています。松陰先生の門下生たちが頭角を現すようになったのは当然の帰結でした」

それらを踏まえて、林先生は結論をこう言います。

「道徳教育は、最後は教師の本気度によります。小手先の技では子どもの心は動きません。だから教師にも真剣勝負が求められるのです。松陰先生の教育が挙げた成果はそのことを語っているのではないでしょうか」

◉「銚子丸」の堀地代表が吉田松陰から学んだこと

ところで吉田松陰というと、平成二十八（二〇一六）年四月、拙著『アメイジング・

グレイス――魂の夜明け』（廣済堂出版）が上梓された直後から、私は吉田松陰なしでは夜も明けない日々を過ごしてきました。というのは同年四月、グルメ回転寿司の雄「銚子丸《ちょうしまる》」の創業者の堀地速男《ほりちはやお》さんから、「会いたいので来てほしい」と電話がかかってきたのです。指定された面会場所は千葉市の本社ではなく、千葉大学付属病院の病室でした。何事だろうといぶかりながら訪ねると、堀地さんから、

「ガンが発見されました！　進行は意外に早く、あるいは今年末までは生きられないかもしれません」

と打ち明けられたのです。堀地さんは回転寿司業界で初めてジャスダック上場を果たし、日経ビジネスに載るほどの斬新な経営者で、立志伝中の人です。

堀地さんは四億円の私財を投げ打って、山口県萩市の松陰神社に研修会館・立志殿を建設して寄贈することにし、寄贈式は松陰が伝馬町の牢獄で刑死した十月二十七日に行うことに決めたと言われました。ついてはそれに間に合わせて、堀地速男が吉田松陰の思想によって銚子丸をどう引っ張ってきたか書いてほしいと言われたのです。私は以前雑誌で書いたこともあり、堀地さんや銚子丸の経緯を熟知していたので執筆を依頼されたのです。

尊敬する経営者の危急存亡のときです。六ヵ月でというのは時間が短か過ぎますが、

何をさておいてもやりますと承諾しました。それで私はすっかり松陰モードに入ってしまいました。本の出版を引き受けてくれた廣済堂出版も臨戦態勢を取ってくれ、昼間は本人や幹部社員、それに現場を取材し、夜間執筆し、書き上がった部分を翌朝堀地さんにチェックしてもらい、加筆訂正し、また次の取材に取り組むという作業が続きました。一方で、堀地さんがとても影響されたという『講孟余話《こうもうよわ》』や『留魂録《りゅうこんろく》』を読み返し、松陰が言わんとしていることを追究しました。

◉人生の春夏秋冬と実りの秋

するると重要なことに気づきました。松陰は処刑される前夜、伝馬町の牢獄で『留魂録』を書いていました。文面からは、まだ何もなし遂げておらず、わずか二十九歳でむざむざと処刑されるという窮地に立たされ、慙愧《ざんき》でならないという思いが伝わってきます。

「すべての生命には春夏秋冬がある。春に種を蒔《ま》き、夏は繁茂し、秋は収穫のときを迎え、冬は蔵に納められる。でも私の場合は何にも実らないまま、二十九歳で処刑されなければならないのか——」

あの松陰ともあろう人が、明らかに迷っているのです。ところが松陰はその懊悩《おうのう》の果てにはっと気づきました。文面にはこう記されています。少し意訳するとこうです。

「そうじゃない！　私の人生にも実りのときが訪れるのだ。私は直接実りを見ることはできないが、私の生きざまは種子となって後世に伝えられ、そこで大きく花開いていく。私の人生は後世に立派な種子を残すためにあるのだ！」

そう確信したとき、松陰に平安が訪れ、従容《しょうよう》と死んでいける準備ができました。

私は翌朝早速、堀地さんを病室に訪ね、気づいたことを話しました。

「堀地ファウンダー（創業者）の夢は百店舗つくることでしたよね。ところが九十二店舗、年商二百億円に到達するところまできて、突然ガンで余命いくばくもないことを告げられました。

あなたもここまで来たのに、なぜだ？　と思い、打ちひしがれました。いまの心境は迷っていたときの松陰先生と同じではありませんか」

パジャマ姿の堀地さんは真剣な面持ちでじっと聴き入っていました。

「でも、堀地ファウンダーが銚子丸をここまで引っ張ってくる中で、一緒に苦労した幹部や従業員たちに種子が確実に伝えられています。堀地ファウンダーがつくり上げた九十二店舗を種子として、銚子丸は次の代によって、ますます大きく花開いていくでしょう。あなたは立派な種子を残したといえます」

そう語ると、堀地さんは我が意を得たりとばかり大きくうなずき、涙ぐまれました。大きく納得するものがあったようです。

◉私が後世に残す種子は何か！

しかし、堀地さんのガンの進行は予想以上に早く、病室で最後の文章をチェックしたのが六月二十四日、そして訃報が届いたのはその三日後の六月二十七日でした。私は訃報を聞いたとき絶句し、呆然となってしまいました。遺族から「偲ぶ会」までには緊急出版してほしいと頼まれたので、推敲《すいこう》にさらに拍車がかかりました。そしてようやく脱稿し、七月末の出版に漕ぎつけました。

書名は『志が人と組織を育てる　グルメ回転寿司「銚子丸」が吉田松陰に学んだ理念』とし、堀地速男さんと私の共著としました。自分の死に直面した男の厳粛な覚悟を読んでほしいと思います。

この半年間、自らの死に直面して壮烈に闘っている堀地さんに付き添っていて、私はいま静かに思うことがあります。

「人間はみんながみんな自分の人生の実りを目にすることができるわけではありません。実りを目にすることができないまま、人生を終わらなければならない人もあります。いや、こういう人のほうが圧倒的に多いように思います。

でも立派な種子を残すことができたので満足だと思えたとき、人は愚かな執着心から解放され、人生を従容と締めくくることができるのではないでしょうか」

いま林先生は約百六十年の年月を経て吉田松陰と対峙《たいじ》し、教訓をくみ取り、若い教師たちを督励し、それを授業に活かそうと奮起されています。歴史は教材として伝えられるとともに、教師の熱によって伝わっていくものです。私は林先生の道徳授業の実践に接し、それを強く感じた次第でした。

第六章

坂村真民さんの詩「タンポポ魂」に励まされて

――左半身不随になった西尾行正さんの奮闘

◉予想もしなかったことが起きる私たちの人生

「人生、何が起きるかわからない！　とよく言いますが、それは私の実感です」と語るのは、大阪市であずさ監査法人に勤務している西尾行正《にしおゆきまさ》さんです。

「順風満帆、さあいよいよこれからだと意気込んでいるとき、暗転して急転直下し、人生設計がぶち壊しになってしまうことがあります。私は文字どおりそれを経験しました。

その渦中にあるときは落ち込んで、死んでしまったほうがましだと思います。でもそれを乗り越えると、それらの出来事は私を潰《つぶ》すために起きているのではなく、逃げ出すことができない、ニッチもサッチもいいかない状況に追い込んで、人生の大切な哲理に目覚めさせるために起きているのだと確信します」

西尾さんがそう語るのは、平成十五（二〇〇三）年五月の夜、熱めの風呂に入って疲れを癒やしているとき、頭の血管がはじけ、そのまま気を失ってしまった出来事を指しています。

「パパはお風呂から上がるのが遅いわね。どうしたのかしら」

と心配して浴室に見に来た奥さんが異変に気づき、あわてて風呂から引っ張り出し、救急車を呼んで病院に搬送しました。一命は取り留めたものの、脳溢血《のういっけつ》によって左半身に重篤《じゅうとく》な麻痺が残りました。四十一歳、子どもはまだ一歳でした。

病院のベッドの上で意識が回復したものの、寝返りもできず、起き上がることもできません。西尾さんは左半身が麻痺したことを知り、落ち込みました。

（これからいよいよというときに脳溢血で倒れ、寝たきりになるとは！　何とついていないんだ。いつ私が悪いことをしたというのか？　まじめにコツコツやってきたというのに、この仕打ちは何なのだ！）

現実を受け入れられず、もがき苦しみました。

◉米国勤務の四年間

平成九（一九九七）年六月、西尾さんは勤務先の監査法人が当時提携していた米国アーサーアンダーセンのインディアナポリス事務所に派遣されました。アーサーアンダーセンは当時世界五大会計事務所の一つでした。オフィスは五十階建てのビルの四十三階にあり、窓から三百六十度の光景が見渡せる素晴らしい個室が与えられ、秘書がついて仕事が始まりました。

自宅は日本では考えられないようなプール、テニスコート付きの家で、米国勤務の最後の一年間は敷地五百坪、寝室が六つも付いている家に夫人と二人で住んでいました。

インディアナポリスは五大湖に近い米国北西部インディアナ州の州都で、一時はデトロイトに匹敵するほどに自動車産業が栄え、インディ五〇〇に象徴されるスポーツツーリズムが盛んな都市です。

インディアナポリスは四本の州間高速道路が通過する交通の要衝であることから、運輸、流通業が発達し、加えて生物工学や生命科学、ヘルスケア産業が伸び、日本企業の進出も目覚ましいものがあります。そのため日系企業クライアントと日本の親会社の監査チームとの情報伝達が激増したため、西尾さんが派遣されたわけです。日本人は西尾さん一人だったので不安でしたが、まもなく慣れました。

西尾さんは米国勤務四年間に米国の公認会計士の資格も取って帰国しました。米国駐在を経て帰国し、前途洋々《ぜんとようよう》だっただけに、左半身麻痺によって、歩行すらままならない現実に落ち込みました。

西尾さんはすっかり悲観し、リハビリしようという気にもならず、お座なりにやっていました。ただただ子どもの将来を悲観し、奥さまも不安にしてしまったと申し訳なさでいっぱいでした。落ち込んでばかりいた毎日でしたが、二、三ヵ月するうちに、このままではいけないと思い直し、気持ちがだんだん前向きに変わっていきました。

リハビリをやってもどこまで機能回復するかわかりません。でも、やるだけのことはやろうと思い立ったのです。病室で車椅子に乗り移ろうとして、車椅子ごと転倒してしまいました。車椅子生活さえできないのかとショックでした。でも、何としてでも職場復帰して家族を養っていかなければいけないという思いが西尾さんを駆り立てました。

病院の廊下を歩く練習をしていると、危ないから止めてくださいと看護師から止められましたが、止めるわけにはいきません。家族を養っていかなければならないのです。黙々と歩行練習を続けました。

すると努力する西尾さんに上司がとても気を使ってくれ、二年間の休職扱いにし、回復し次第復帰するよう励ましてくれました。これでリハビリに励みがつきました。そのとき、歩行練習を諦めていたら、きっと車椅子から離れることができなかっただろうと思うと、諦めなくてよかったと思います。

◉杖となった真民詩「タンポポ魂」

そんな西尾さんを励ましてくれたのが、坂村真民《しんみん》さんの詩「タンポポ魂」でした。これを最初読んだとき、「まるで私のことを言っているようだ。ここで挫けちゃいけない」と思ったそうです。暗唱して自分を励ましました。

踏みにじられても
食いちぎられても
死にもしない
枯れもしない
その根強さ

そしてつねに
太陽に向かって咲く
その明るさ
わたしはそれを
わたしの魂とする

西尾さんはリハビリしていたころを回顧してこう言います。

「毎日一キロの歩行訓練を自分に課し、杖を使った歩行で病院内を六周していました。タンポポは踏みにじられても、食いちぎられても、枯れもせず、健気《けなげ》に咲いています。その姿を戦友のように感じました」

西尾さんがもっとも苦しかったころ、なぜ真民さんの詩にこうも共鳴し、杖とするようになったのか、そこには理由があるような気がします。

仏教詩人とも言われる坂村真民さんは、早朝、辺りがまだ暗闇に閉ざされている時間に、自宅の近くを流れる重信川《しげのぶ》の川原で大地にひざまずいてお祈りをします。そして日の出の時間がやってくると、川向こうに聳《そび》えている石鎚山《いしづちさん》の頂きから射してくる太陽の光を胸いっぱいに吸い込んで宇宙のリズムに同調し、一日を出発するのを日課としています。

次の詩「みめいこんとん」には、そんな真民さんの面目が躍如しています。

わたしがいちにちのうちで
いちばんすきなのは
みめいこんとんの

ひとときである
わたしはそのこんとんのなかに
みをなげこみ

てんちとひとつになって
あくまのこえをきき
かみのこえをきき
あしゅらのこえをきき
しょぶつしょぼさつのこえをきき
じっとすわっている
てんがさけび
ちがうなるのも
このときである
めいかいとゆうかいとの
くべつもなく
おとことおんなとの
ちがいもなく

にんげんとどうぶつとの
さべつもない
すべてはこんとんのなかに
とけあい
かなしみもなく
くるしみもなく
いのちにみち
いのちにあふれている
ああわたしが
いちにちのうちで
いちばんいきがいをかんずるのは
このみめいこんとんの
ひとときである

混沌とした未明の薄明かりの中で、独り時間を過ごした真民さんは、その日最初の一閃《いっせん》が射してくる時間がくると、石鎚山を拝んで待ちます。次の「初光への祈り」と題した詩に、真民さんが味わっていたものが表現されています。

ウォーン
ウォーン
というような
太陽の息吹《いぶ》きがみなぎりわいて
山の端《は》から初光が
ウォーッと出る
それはまさに宇宙の出産だ
すがすがしい光の矢が

一直線にわたしに射《さ》してくる
それを吸い飲み
わたしは祈る
ああすべてが光に向かう
このひとときよ
大いなるいのちの泉よ
わたしの祈りを遂げさせ給え

今生のうちにこれだけは成就しておきたいと〝心願〟を抱いて奮闘している詩人に、大宇宙は生きる力を注ぎ込んで励まします。それが次のような詩「南無《なむ》の祈り」として結晶化しています。

生きがたい世を
生かしてくださる
南無の一こえに
三千世界が
ひらけゆき
喜びに満ちて唱える

南無の一こえに
この身かがやく
ありがたさ
ああ
守らせたまえ
導きたまえ

そこに湧いてくるのは感謝です。真民さんの詩は、言葉を尽くして飾り立てる詩ではありません。大宇宙のいのちに生かされて、ほとばしり出るリズムです。

だからこそ、多くの人の心を打ち、生きる力の源泉となるのです。西尾さんが生きる力を失って途方に暮れていたとき、生きる力を与えてくれたのは、真民さん自身が大宇宙から生きる力を与えられていたからだと思います。

◉スポーツ選手たちも同じ経験を乗り越えていた！

それまで西尾さんはスポーツ選手にはまったく興味はありませんでした。しかしリハビリに汗を流すようになってみて、スポーツ選手は身体能力の向上のため、大変な努力を重ねていることを知り、彼らの言動に注目するようになりました。あるとき大リーガーのイチロー選手がテレビレポーターにこう答えていました。

「小さい努力を積み重ねないと、大きな目標は近づいてきません」

こうした言葉はやっている人でなければ言えません。西尾さんも毎日歩く練習をしていたから、イチロー選手が言っていることがよくわかります。大いに共感し、小さな努力の積み重ねが大事なんだと自分を励ましました。

またあるときはJリーグの伝説のヒーロー三浦知良《かずよし》選手（横浜ＦＣ）が日経新聞のコラムに書いていた文章が目に留まりました。

「イチローさんが『オンリーワンで良いなんて言っている人たちの甘っちょろい考えは許せない。僕はナンバーワンでなきゃ嫌だ』と言っているのを聞いたとき、自分は甘いなと反省しました。オンリーワンでもいい、記録に残らずとも、他にはマネのできない自分を貫ければと思っていた僕は、ただ逃げを打っていたのです」

三浦選手は、イチロー選手がトップの選手であり続けるためにひたすら努力していることを知って奮起しました。三浦選手はご存じのように、Jリーグ年間最優秀選手賞を受け、日本代表としてならした選手ですが、WCフランス大会では出場選手の選に漏れ、失意のどん底に突き落とされました。帰国したとき、成田空港での記者会見で、プライドも何も全部フランスに置いてきたと吐き捨てたほどに、ずたずたに引き裂かれていました。

サポーターから罵声《ばせい》を浴び、「あいつはもう終わった……」とののしられましたが、三浦選手はいつまでもしょげてはいませんでした。どん底から奮起し、現在でもセンターフォワードとして現役を続行し、世界最年長選手としてプレーしています。

「孤独に耐える力がなければ、巨大なものを背負いきれない」

という三浦選手の言葉は千金の重みがあります。何かを成し遂げている人は山あり谷ありの人生を乗り越えていたのです。それは西尾さんにとって大きな応援歌になりました。

◉リハビリに傾けた努力

西尾さんは病院の廊下を歩くだけではもの足りなくなり、外を歩くことにしました。ところが外を歩くと怖いのです。今日はあの電柱まで歩こうと決意して何とかそこまで歩きました。明日はもう一本先の電柱まで歩こうと、目標をだんだん遠くに置いて努力しました。

まず挑戦したのが阪急宝塚駅の近くの遊歩道「花の道」で、そこを往復しました。それができるようになると、今度は丘の上に立っている甲子園大学まで往復二キロを歩きました。普通の人なら五十分かかりますが、西尾さんには約二時間かかります。この道には勾配のきつい坂があるので歩きがいがありました。

それができるようになると、その先一キロほどのところにある塩尾寺《えんぺいじ》まで歩きました。ここは六甲山縦走路の東の起点で、西のゴールは須磨浦公園です。自宅からは往復五キロですが、西尾さんの足では五時間かかります。ここが毎日曜日の定番のチャレンジコースとなりました。

「できなかったことができるようになる達成感は言いようのないものがありました。

一つひとつできるようになっていくので、嬉しくてたまりません。歩行訓練に拍車がかかりました。

今度は宝塚市郊外の中山寺《なかやまでら》から山奥に二キロほど登ったところにある奥ノ院に詣でることにしました。週末は多くの人が拝観登山をしているところです。ところが調べてみると、表参道は所どころに大きな段差があり、杖をついて歩いている私には無理なことがわかりました」

しかし、もともとアウトドア派の西尾さんは諦めきれず、グーグルマップで自衛隊の演習道路を見つけました。ジープや装甲車が走行する砂利道なので、段差はありません。そこで勇躍挑戦しましたが、砂利道なので歩きづらく、何度もすべって転びました。転ぶと起き上がるのが大変です。それでも十回、二十回と拝観登山を続けているうちに、砂利道がまったく苦にならなくなりました。

次に目指したのが、武田尾廃線跡の五キロあるハイキングコースです。ここは廃線跡なので所どころに枕木や敷石が残っており、トンネルが六つもありますが、眺望は最高に素晴らしいコースです。普通の人なら二時間かかりますが、西尾さんは六、七時間かけて歩き切りました。

そうした日々の鍛錬の成果がどこに表れたかというと、自力で通勤しようと思い立ったのです。

平成十七（二〇〇九）年春から始まった週一回の通勤は、当初は奥さまが車を運転して送ってくださっていましたが、それを自力で歩こうというのです。

自宅のある宝塚から阪急電車と地下鉄御堂筋《みどうすじ》線を乗り継いで本町に出て、大阪事務所の六階の自分の机まで歩くと、普通の人なら四十分で行けますが、西尾さんは二時間かかりました。汗だくだくになって、自分の机にたどり着いたとき、思わず「ヤッター！」と雄叫《おたけ》びを上げました。実際には声こそ上げませんでしたが、大変な達成感で、格段の進歩です。次は週三日出勤できるよう、歩行訓練に拍車がかかりました。

◉ダメージは歩行能力だけではなかった！

ところが職場復帰してみると、新たな問題が発見されました。西尾さんが損なっていたのは運動機能だけではなく、一部の記憶力もダメージを受けていたのです。そのため通常の業務ができないので、クライアントに迷惑がかからないように翻訳業務に回されました。しかし、そこでもケアレスミスが起きました。使い物にならないと解雇されても仕方がない状態でした。

ことわざに「天は自ら助くる者を助く」とありますが、上司は西尾さんが社会復帰を目指して懸命に努力していることを知っていました。だからここで見捨てるには忍びない、彼のひたむきな努力に応えようと、「焦ることはない。一歩一歩進んで行こう」と励ましてくれました。

西尾さんは涙が出るほど嬉しく、その期待に応えようと頑張り通しました。幸いなことに運動能力の回復とともに、記憶力も徐々に回復し、信頼に足る仕事ができるようになりました。

「もしあの時点で解雇され、生活保護を受けるようになっていたら、私は気力が削がれ、落ち込んだでしょう。会社はよくぞ辛抱強く回復を待ってくれたと感謝しています」

周囲のそういう温かい姿勢が西尾さんに新たな変化をもたらしました。

◉人間学に目覚めた会社の読書会

西尾さんにリハビリ以外に興味を持つものが出てきたのです。会社で行われていた人間学の勉強会です。

「会社では月刊『致知《ちち》』という人間学の雑誌を使って、毎月『人間力のための読書会』という読書会が催されていました。その月の『致知』に載っている記事を巡って、それぞれが意見を述べ、活発に意見が交わされていました。みんなが人生にひたむきに対処しようとしている姿勢に心打たれ、私も参加するようになりました。

以前の私だったらそんなものにあまり興味はありませんでした。例えば『修身教授録』という名著を書いた森信三先生が『人生二度なし』と言っていますが、病気になる前の私は『そんなのは当たり前じゃないか。何をことさらわかり切ったことを言っているんだ』と切り捨てていました。ところが実際読んでみると心に響く文章が多かったのです」

そう言って西尾さんは次のような箇所を示しました。

「人間の真の強さというものは、人生のどん底から起《た》ち上がってくるところに、初めて得られるものです。人間もどん底から起ち上がってきた人でなければ、真に偉大な人とは言えないでしょう」

まったくそのとおりでした。いま自分が立たされている立場が勝負所といえます。

さらに読み進んでいると、こんな文章にも出くわしました。

「いやしくもわが身の上に起こる事柄は、そのすべてが、この私にとって絶対必然で

あると共に、またこの私にとっては、最善なはずだというわけです」（前掲書）

それは驚きの指摘でした。

「えっ、脳溢血によって左半身麻痺したことが、私にとって絶対必要であって、しかも最善なことなんだって？　そこまで言えるのか！」

だからいっそうのめり込んで読み進みました。するとこうも書いてありました。

「表面がマイナスであれば、裏面には必ずプラスがついているはずです」

森先生の言葉は砂漠で水に飢え、さまよい苦しんでいる旅人の心に沁み込むように、西尾さんの心に沁み込んでいきました。『修身教授録』は西尾さんの生き方をガイドしてくれていました。自分は心のケアが必要な精神状態だったのだと気づきました。

◉安岡先生の『経世瑣言』

そんな頃、名古屋をはじめ、各地で読書会を開いておられる塚本恵昭《よしあき》さんにご縁をいただきました。塚本さんは安岡正篤《まさひろ》先生に師事しておられたので、安岡先生の本をいろいろ推薦してくれました。そこにもまた重要なアドバイスがあり、例えば『経世《けいせい》瑣言《さげん》』（致知出版社）に「喜神《きしん》を含む」という哲理が述べてありました。

「それではどうして精神を雑駁《ざっぱく》にしないか分裂させないか、沈滞させないかというと、無数に古人の教《おしえ》もありますが、私はこういう三つのことを心がけて居《お》ります。第一、心中常に喜神《きしん》を含むこと。神《しん》とは深く根本的に指して言った心のことで、どんなに苦しいことに逢っても心のどこか奥の方に喜びをもつということです。実例で言えば、人から誹《そし》られる、あられもないことを言われると、憤《いきどお》るのが人情であるが、たとえ憤っても、その心の何処《どこ》か奥に、イヤこういうことも実は自分を反省し磨錬する所縁になる、そこで自分が出来て行くのだ、結構結構と思うのです。人の毀誉褒貶《きよほうへん》などに虚《きょ》心坦懐《しんたんかい》に接すれば、案外面白いことで、これ喜神です」

こうした文章で西尾さんは「言葉の威力」に目覚め、その興奮をこう語りました。

「安岡先生は心の中にいつも喜びを抱いて事に臨むと、その人の運勢は上昇気流に乗って昇っていくと説いておられました。なるほど、なるほどと思って読みました。以来、『喜神を含む』を私のモットーとしました。

こういう言葉を知らなかったら、暗い夜道を提灯なしで歩くようなものです。そう思っていると、幕末の儒学者佐藤一斎が『言志四録《げんししろく》』で、

『一燈を提《さ》げて暗夜を行く。暗夜を憂うることなかれ。ただ一燈を頼め』

と述べていることを知りました。

『周りのことを愚痴てもしようがない。道を切り開いていくのは、結局は自分なんだ。自分をこそ信頼して、切磋琢磨《せっさたくま》して励め』
というのです。そう指摘されて、開いた口が塞がらず、すべては自分の責任なのだと覚悟ができました。ようやく人生の入り口に立った思いがしました」

◉さらに難度の高い歩行訓練に挑戦

平成二十六（二〇一四）年七月二十一日、西尾さんは日本百名山の一つ、滋賀県伊吹山の登山に挑戦しました。標高一三七七メートルながら八合目まではバスで登ることができ、そこから頂上までは四十分で登れるので、三時間かければ楽勝だと計算しました。

ところが登ってみると、行く手を阻んだのは大きな岩の段差でした。もちろん鎖や手すりはなく、すべるので逆にとても危険です。他の登山客の助けを借りて、何とか前進しました。予想よりもハードなコースだったので、四時間かけてやっと頂上にたどり着いたときは、疲労困憊していました。

登りに予想外の時間がかかってしまったので、帰りのバスに間に合わなくなり、それに間に合うために、登りの西遊歩道とは違う、最短の中央遊歩道を下りました。ところがそこでも予想外の段差が続き、前に進めなくて立ち往生してしまいました。

幸い下山客に助けられて、ようやく八合目の駐車場に下りてきましたが、すでに最終のバスは発車した後でした。

途方に暮れていると、乗用車で来ていた別な登山客が麓のＪＲ関ケ原駅まで送ってくれました。要所要所でいい人に巡り合い、助けられ、みんなのお陰で達成できた登山でした。こうした歩行訓練が実って、とうとう週三日出勤できるまでになりました。

◉心を支えてくれた坂村真民さんの詩

「先に引用した真民先生に『つみかさね』という詩があります。何事も一歩一歩の積み重ねで成就するんですね。『努力は裏切らない！』と実感します」

と、西尾さんは真民さんの詩を紹介します。

一球一球のつみかさね　一歩一歩のつみかさね
一打一打のつみかさね　一坐一坐のつみかさね

一作一作のつみかさね
一念一念のつみかさね
つみかさねの上に
咲く花

つみかさねの果てに
熟する実
それは美しく尊く
真の光を放つ

「真民先生は一歩一歩、こつこつ積み上げていくことの大切さを教えてくださり、私の杖になってくださいました」

真民さんに「幸せの帽子」という示唆に富んだ詩があります。人生の哲理を詠んだ詩で、多くの人が同感される詩です。

すべての人が幸せを求めている
しかし幸せというものは
そうやすやすとやってくるものではない
時には不幸という帽子をかぶって
やってくる

わたしも小さい時から
不幸の帽子を
いくつもかぶらせられたが
今から思えばそれがみんな
ありがたい幸せの帽子であった

だからみんな逃げてしまうが
実はそれが幸せの
正体だったりするのだ

それゆえ神仏のなさることを
決して怨んだりしてはならぬ

西尾さんも脳溢血で倒れ、左半身不随になったとき、こんな不幸はないと嘆きました。しかし、事故が西尾さんの心の目を開き、新たな価値観に目覚めました。

西尾さんは森信三先生が言われる「逆境は恩寵《おんちょう》的試練なり」をよく口にします。

「私たち人間には気づかないところで神の導きがなされています。だからあれこれ悩まず、受けて立つことです。そこからいっそう強くなって、一回りも二回りも人間が大きくなるんです」

そう思えるようになったので、生きることが楽になったと言います。

西尾さんの話を伺っていて、人生は無駄なことはないとつくづく感じます。別な言葉で言えば、人間はどんな状況からでも立ちなおってくるタフなものを持っている、いやもっと言えば、私たちに与えられているいのち自体が、状況に立ち向かい、それを乗り越えていく力を賦与《ふよ》されているように思えます。だから天地万物一切を創造された神仏の深謀遠慮に驚嘆します。それゆえに人生はすばらしい、人間万歳！　と叫ばずにはおれません。

◉痛みを分かち合うことが大切

西尾さんは病気になって大切なことに気付かされたと言います。

「足を引きずりながら懸命に歩く練習をしていると、宝塚の街の人から『頑張っていますね』とか、『よくここまで回復しましたね』と言葉がかかりました。健常なときは思いもしなかったんですが、不具になり社会的弱者になってみると、その一言にどれほど元気をいただいたかわかりません。とても励まされました。

病院の廊下でリハビリしていたとき、私を見かけたある医師が付き添って一緒に歩いてくれ、『西尾さん、こんなにも歩けるようになったんですね』と称讃してくれ、その言葉に励まされました。人の痛みがわかるということは、人の上に立つ人であればあるほど大切なことだと改めて感じました」

そんな経験があったので、職場に復帰できた後、地下鉄のトイレ掃除をしているおばさんに感謝の言葉を掛けました。すると親しくなって、こんなことを打ち明けられました。

「実は私の主人もあなたと同じように脳溢血を患っていて、今でも歩けません。だからこうして私が働いて主人を養っているんです」

話を聴いて驚きました。どの人にもいろいろなストーリーがあり、みんな懸命に生きていることを知りました。気持ちを分かち合えば、元気をいただくものです。

「するとある日、その方がご主人を車椅子に乗せて私に会いに来られました。いやもうびっくり！　私が懸命に働いているところを見せて、ご主人を励まそうとされているのです。菓子折りまでいただいてしまい、恐縮しました。この出来事から私が境遇に負けずに頑張っていると、他の人の励ましになることを知りました。そういう方の励ましにもなるよう、私の頑張りにも弾みがつきました。どんな状態になっても喜びのおすそ分けができるんですね」

西尾さんはとても大切なことをつかんだようです。顔はますます輝いていました。

◉円覚寺の横田南嶺管長との歓談

西尾さんは横田南嶺《なんれい》円覚寺《えんがくじ》派管長が書かれた『禅の生き方に学ぶ名僧の知恵』（致

知出版社）にいつも励まされていたので、一度お会いしてみたいと思っていました。

北鎌倉の名刹《めいさつ》円覚寺は、文永の役、弘安の役で日本を襲った元寇《げんこう》の犠牲者たちを祀るために、北条時宗《ときむね》が明から無学祖元《むがくそげん》老師を招いて建立した禅寺で、臨済宗円覚寺派の総本山です。

横田管長の著書には、人の世には悲しみは尽きないけれども、せめてその悲しみを分かち合っていこうという姿勢があふれていて、西尾さんはいつも感銘を受けていました。そのあこがれの老師に、畏友であり、師とも仰いでいる塚本さんが引き合わせてくださるというので、平成二十八（二〇一六）年十一月三日文化の日、北鎌倉の円覚寺を訪ねました。

横田管長は参道まで迎えに出られ、円覚寺境内の奥まったところにある正伝庵で、二人と小一時間ほど歓談されました。西尾さんが不自由な体をものともせず、週三回通勤するまでに回復した努力を知って驚嘆されました。しかもリハビリの日々を支えてくれたのが真民先生の詩だったと知って、よりいっそう感銘を受けられました。

実は横田管長は拙著『自分の花を咲かせよう　祈りの詩人 坂村真民の風光』（PHP研究所）に序文を寄せ、真民詩は『華厳経《けごんきょう》』のいう天に輝く帝網珠《たいもうじゅ》のようにきらめいていると述べておられます。『華厳経』は宇宙を大きな網の目としてとらえ、網の結び目にそれぞれきれいな珠がついていて、一つの珠が光ると、その光は近くの珠に映り、その光はさらに別な珠に映りして、光は幾重にも折り重なって、全宇宙がきらきら輝いているというのです。

横田管長は説法にしばしば真民さんの詩を引用され、仏法をわかりやすく説かれています。西尾さんも真民さんのファンだと知って喜ばれました。横田管長は西尾さんを送り出すときも、妙香池沿いの石段を、杖を突きながら一歩一歩下りていく西尾さんに寄り添ってゆかれました。西尾さんはそのとき孟子が「天の試練」について述べている一節をそらんじていました。

「天の将《まさ》に大任をこの人に降《くだ》さんとするや、必ずまずその心志《しんし》を苦しめ、その筋骨を労せしめ、その体膚《たいふ》を餓えしめ、その身を空乏《くうぼう》にし、行うこととその為さんとするところに払乱《ふつらん》せしむ」

(天がある人に大任を授けようとするときは、必ずまずその人の身心を苦しめ、窮乏の境遇に置き、何を行っても空回りし、その人がやろうとしていることに逆行するようなことばかり与えて試練される)

そのとき天啓のようにひらめきました。

「脳溢血で倒れて難行苦行するようになったのは、やはり天意なのだ。天は私に大任を与えようとされているから、難行の中で私を鍛えようとされているのだ」

そう思うと新たな自覚が湧いてきました。横田老師は西尾さんの暗誦を聴きながら、彼はもうくよくよしない心境に至っていると感じました。円覚寺の古刹は紅葉一色に染められ、二人を祝福するかのように、さわやかな風が吹き渡っていました。

第七章

指一本動いて幸せのおすそ分け

——車椅子の身になった次家誠さんが発見した小さな幸せ

平成二十九（二〇一七）年三月二十五日、私は愛媛県大洲《おおす》市のパン屋「まことや」の二代目当主次家誠一《つぎいえせいいち》さんから一通のメールを貰いました。私が一昨年、松山市の南隣にある砥部《とべ》町の坂村真民記念館を訪ねたときお会いした若主人からのものでした。「両親が守ってきた小さなパン屋と、真民詩『念ずれば花ひらく』の詩碑の守役を受け継ぎ、ありがたいことに、一つ苦しみを越えるたびに、人生を支えていただけるご縁が生まれました。与えていただいた人生に感謝します」

そして父誠《まこと》さんが頚椎《けいつい》を損傷し、全身麻痺による闘病生活を余儀なくされ、リハビリの過程で出合った拙著『宇宙の響き　中村天風の世界』（致知出版社）が少なからず好影響を与え、社会復帰に漕ぎつけた経緯が記されていました。私は詳しく知りたいと思い、メールを送ってくださった息子さんに連絡を取りました。

パン屋の先代誠さんが闘病中詠まれた詩集『まことやの詩』はきれいごとだけではなく、不安も苦悩も赤裸々に詠まれており、心を打つものがありました。そこで、誠さんの体験をみなさんと分かち合おうと思い、筆を執りました。

◉頚椎損傷、そして全身麻痺

平成十二（二〇〇〇）年一月十八日、誠さんはいつものように朝からパン作りに励んでいました。誠さんと長男の誠一さんの二人は夜になってもまだ工場で働いており、そこで予期せぬ事故が発生しました。

午後八時半頃、誠さんは一瞬目の前が真っ暗になって、ケーキミキサーの前で倒れて前頭部を強く打ち、その反動で今度は後ろに倒れ、首の後部を強打しました。配達に出掛けようとしていた誠一さんはその物音に気づき、何だろうと行ってみると、父親が頭部を血まみれにして倒れていました。誠一さんはあわてて駆け寄り、

「おやじさん、どうしたの！」

と抱き起こしました。すぐさま救急車を呼び、市立大洲病院に搬送しました。意識はしっかりしており、搬送中も救急隊員の質問に受け答えしていました。

ＭＲＩ（核磁気共鳴画像）検査で精密検査した結果、頚椎の三番と四番を打撲しており、治療後、首を固定してＩＣＵ（集中治療室）に搬送されました。その時点では痛みもしびれもありませんでした。ところが翌朝、体の中を痛みとしびれが稲妻のように走り、首から下が全身麻痺しました。

誠一さんは主治医に呼ばれ、命は助かるだろうが、寝たきりになるかもしれないと告げられましたが、そのことは父親には告げませんでした。だから誠さんは深刻には

受け取らず、早く退院して、三月に迫っている確定申告を処理しようと考えていました。寝たきりの日が続くと、元気で働いていたころのことが頭から離れません。痛みとしびれで辛いけれども、三ヵ月もすれば家に戻れると思っていました。

ところが事態はそう甘くはなさそうだとわかって、落ち込んでいきました。首から下が全然動かないのです。知覚神経も麻痺していたので、手や足を触っても何となく感じる程度でした。

そのうちに、脊髄の周りの筋肉に激しい痛みが襲い、足のしびれと痛みが続き回復の動きが始まりました。本人は辛かったでしょうが、家族にとっては逆にありがたく、回復への望みにつながりました。

誠さんが主治医に早く死にたいと訴えたのには理由がありました。入院が長引いているので治療代が払えず、我が家が売られる夢を見たのです。

自分のすべてを賭けて店舗と家を建てたのに、それが売られるとすれば、何のために年中無休で働いてきたのか！　それが心配で、眠れない日が続いていました。家の経済は治療費を捻出できないほど困窮していたのです。入院が長引けば長引くほど、家の経済は追い詰められていきます。そんな誠さんに三人の息子とお嫁さんからの手紙がそっと置いてありました。

「父さん！　何もできなくてもいいいんだよ。生きていてさえいてくれたら、それでいいんだ」

息子たちとお嫁さんが送った最大のエールでした。

◉真民さんのお見舞い

そんな日、九十一歳になる詩人の坂村真民さんが、奥さまの車椅子を三女の真美子さんが押して、三人いっしょにお見舞いに来られました。倒れてから三ヵ月した四月のことでした。真民さんが住んでいる砥部町から大洲市民病院まで一時間かかります。

麻痺としびれがあり、リハビリも成果が上がらず、辛いですと訴える誠さんに、真民さんは自分が病気で死にかけた話をして、こう語りました。

「夜明け前が一番暗いんだよ。その時を過ぎると、必ず光が見えてくる。それが宇宙の法則なんだが、人間も同じ法則の中に生きているんです。辛さや苦しみは生きている証拠だと受け取めて、ありがとうございます、ありがたいですと感謝の心で生きていれば、病は必ず治ります。

一寸先は闇ではなく、光だと強く信じることです。祈りは〝こうしてほしい〟という願望を述べるような祈りではなく、〝治りました！　ありがとうございます〟と感謝する断定の祈りを唱えなさい」

そして墨痕《ぼっこん》鮮やかに、

「大宇宙大和楽」

「活力」

と書いた二枚の色紙を贈られました。先が見えなくて苦しんでいた誠さんにとって、それは一番的確な励ましでした。

◉信じられない！　本が読めるようになった

平成十三（二〇〇一）年六月、倒れてから一年六ヵ月が過ぎました。握力がゼロなので紙一枚持てなかったのですが、手首が口まで届くようになりました。早速奥さんに自宅に電話してもらい、誠一さんにベッドに渡す板を持ってきて、本が読めるテーブルを作ってくれるよう頼みました。

そして指の先にツバをつけてページをめくりました。一ページ、また一ページ、真民さんの詩をお経を読むように、声を出して読みました。

生きることとは
愛することだ
妻子を愛し
はらからを愛し
おのれの敵である者をも
愛することだ

生きることとは
生きとし生けるものを
いつくしむことだ
野の鳥にも草木にも
愛の眼《まなこ》をそそぐことだ

生きることとは
人間の美しさを
失わぬことだ
どんなに苦しい目にあっても
あたたかい愛の涙の
持ち主であることだ

ああ
生きることとは
愛のまことを
貫くことだ

この「生きることとは」という詩は、誠さんの名前が入っていることもあって愛《あい》誦《しょう》しました。

「父は真民先生にお見舞いしていただいた日から、不遇なわが身をかこつのではなく、〝大いなる存在〟に感謝する気持ちに変わっていきました。真民先生がおっしゃるように、大宇宙の本質が〝大和楽〟であるとすると、不都合なことやマイナスの出来事は起こらないのだと思うようになったのです」

実は真民さんが「大宇宙大和楽」と「活力」の色紙をプレゼントされたとき、誠さんも誠一さんも、

「あっ、これは天風さんが説いている宇宙の本質と、その力を自分に取り込むのは自分の『活力』だと説いているのと同じだ！」

と感じたのです。そのことを誠一さんの言葉で語ってもらいましょう。

◉真民さんの詩と中村天風さんの哲学に導かれて

「私の父は現状に満足する人ではありませんでした。今よりも良くなるためにどうしたらよいか、そのために何が必要かと考え、いつも努力していました。そのために私は、父が必要としている本を探して、いろいろな本を読みました。

そんなある日、書店で手にした本が神渡先生の本でした。私は先生が書かれた『宇宙の響き』を読んだとき、人間と宇宙の原理や摂理について解説した、こんな本が書かれていたのかと、槍で体の髄を貫かれたような、あるいは鉄槌《てっつい》で脳天を打たれたような衝撃を受けました。これは決しておべんちゃらを言っているわけでも、誇大な表現をしているわけでもありません」

そして真民さんの詩と天風さんの哲学の、役割の違いをこう説明しました。

「真民先生は詩人だから多くを語られません。インスピレーションを得て、短い言葉で本質をズバッと説かれます。父は真民先生の詩から、高い極みに向かう目標をいただきました。でもそれに加えて具体的な方法論も欲しかったのだと思います。父は人生の要諦《ようてい》を説いている格言よりも、回復へ向かう具体的な教科書を必要としていたのです。

私は衝撃を受けた神渡先生の著書と、同じく神渡先生による天風哲学の解説書といえる『中村天風の言葉』（致知出版社）を父に薦《すす》めました。天風哲学の真髄を解説した神渡先生の本は天風さんがつかんでいる宇宙の真理を理解するのに役に立ち、父は実践してみようと、とても動機づけられたようでした。だから真民先生の詩に、神渡先生の天風哲学の解説が加わったとき、父の魂の目覚めがやってきたのだと思います」

　中村天風さんの哲学は、松下幸之助さんや稲盛和夫さんをはじめ、多くの人に影響を与えていますが、誠さんは窮地に追い詰められていただけに、天風さんの思想で目が覚めたような思いがしたんだと思います。誠一さんは熱を込めてさらに語ります。

父親がやる気になったのが嬉しかったのです。

「父はわずかに動きだした指でページをめくり、毎日神渡先生の本を読みふけりました。第一章『思考が人生を創る』は圧巻でした。そこに書かれていた天風さんの言葉、

『「怒らず、恐れず、悲しまず」を実行に移さないと、自分を宇宙本体から遠ざけることになるよ。宇宙本体のなかに生きていながら、宇宙本体から受ける力を十分に働かさないことになる』

　には同感したようです。また同じ章の、

『心をしっかり持って、宇宙の本質と自分との関係を確固不動のものにすると、宇宙エネルギーの受入量が多くなり、運勢が好転していくのだ』

という指摘も納得することしきり。父は天風さんの『力の誦句《しょうく》』をことあるごと

に愛誦していました。

私は、力だ。
力の結晶だ。
何ものにも打ち克つ力の結晶だ。
だから何ものにも負けないのだ。
病にも、運命にも、

否、あらゆるすべてのものに
打ち克つ力だ。
そうだ！
強い、強い、力の結晶だ。

まったくそのとおりです。要は自分の信念が道を開いていくのですから。自分の人生の主人公は自分なんだと自分に言い聞かせました」
そう考えるようになって、誠さんはどれだけ穏やかになったかわかりません。本が誠さんに生きる力を与えてくれ、人生の方向性を示してくれました。こうしていつの間にか病室に本が山積みされていました。

◉み仏がくださったハーモニカ

入院してから二年が経ちました。その間、誠さんは個室に入っていたので、ほとんど人と言葉を交わすことがありませんでした。それで肺活量がすっかり減ってしまい、大きい声が出なくなっていました。しかし、麻痺していた両手は口までは届くように回復していたので、長浜の自宅からハーモニカを届けてもらいました。子どものころからハーモニカが得意だったので、慰みに吹こうと思ったのです。

ところが吹いても吹いても音が出ません。それほど肺活量が落ちていたのです。それに両手でハーモニカを口のところで支えるのが辛くてなりません。関節が固まっていて動かなくなっており、腕の筋力も落ちていました。だからハーモニカを吹くのはリハビリ以外の何物でもありません。誠さんは早く元気になって退院し、家に帰りたい一心で、『ふるさと』を吹きました。

うさぎ追いしあの山　　夢は今もめぐりて
小ぶな釣りしかの川　——　忘れがたきふるさと

諦めずに何度も何度もチャレンジしていると、ようやく音が出てメロディとなり、病院内に流れました。すると看護師さんや介護の人たちが病室に顔を出して一緒に歌い、終わると拍手してくれました。

「すごいわね。とうとうハーモニカが吹けるようになったんだ！　よく頑張りましたね」

と称えてくれます。みんなから褒められ、称えられると、生きる気力が湧いてきました。誠さんは、「ハーモニカは仏さまのプレゼントだな！」と思いました。

◉油臭い三男の毎夜のマッサージ

午前零時、静まり返った真夜中の病棟の廊下を、コツコツと歩いてくる音が聞こえてきます。病室のドアがゆっくり開いて、三男の洋明《ひろあき》さんが顔を出しました。松山で自動車の整備をしている洋明さんが残業の後、高速道路を走って毎日病院に見舞いに来てくれます。油臭い作業服のまま、痛みとしびれのある父の体を頭から足先までマッサージするのです。リハビリに行く以外は寝たきりの誠さんにとって、マッサージしてもらうと生き返った思いがし、とても楽になります。

疲れて寝入っていたお母さんがそのうちに目を覚まし、誠さんはマッサージを受けながら、三人でいろいろと話しました。誠さんはその会話が楽しくて仕方ありません。マッサージが終わると洋明さんは、

「おやじさん、頑張って！」

と声をかけて、油臭いニオイを残して病室を出ていきます。誠さんは洋明さんを送り出すと、おれは孝行息子を授かった果報者だと、息子の後ろ姿に手を合わせて拝むのでした。

洋明さんはそれから長浜の実家に帰り、遅い夕食を食べ、風呂に入って汗を流してから一寝入りします。それでも朝一時間かけて通勤するので、いつ寝ているのかと驚くばかりです。父親のタフさをしっかり引き継いでいました。

◉末期ガン患者のお見舞い

しかし、病人の気分は上がったり下がったりして、毎日変わります。朝は前向きだったのに、午後は悲観的になったりして、まるでエレベーターの上がり下がりといっ

しょです。

　ある日、ガンの末期と言われた友人が見舞いに来てくれました。見舞いに来てくれたのはありがたかったのですが、以前より痩せてやつれているので心が痛みました。抗ガン剤に耐えなければならない辛さを語り、うつむいて愚痴をもらしました。

「俺なあ、もう長生きできない体になっちゃった……」

　彼は生きる気力をすっかり失っていました。友人は見舞いに来たはずなのに、すっかり後ろ向きになっていて、後に悲観的な雰囲気を残していきました。彼を見送った後、誠さんはポツリと愚痴をもらしました。

「彼はガンでもまだいいよ。手も足も動いて、こうして歩いてこれたんだから。でもな、俺は寝たきりで、歩くことも何もできないんだよ」

　奥さんは黙って下を向いて、悲しそうに歯を食いしばっていました。その顔を見た瞬間、誠さんは後悔しました。

（あ、母さん、ごめん。また嘆いてしまった……。俺が落ち込んだら、母さんが辛いんだよな。母さん、ごめんな……）

　窓の外に目をやると、空は真っ赤な夕焼けで、子どものころを思い出させるようなあかね色に染まっていました。ねぐらを目指すカラスの群れがあかね色の空を、カア、カアと鳴きながら飛んでいました。

（ああ、俺も家に帰りたい）

誠さんの目に涙の粒が光っていました。

（ついつい愚痴をこぼして、周りに迷惑ばかり掛けている……。

ああ、仏さま、助けてください。俺を強くしてください。このままじゃ家族が全滅してしまいます……）

付き添いで同じ病室に寝ている奥さんを起こさないように、無言で祈る誠さんでした。

◉母さんの嗚咽

誠一さんはパン屋の仕事を終え、いつものように父の見舞いに行きました。元気そうな父の笑顔を見、いつものように、

「あと少しだね。もうちょっと回復すれば退院だよ。頑張ろうね」

と励まして、寝静まった病棟の廊下を歩き、駐車場に向かいました。母さんは必ず駐車場まで見送ってくれます。車のドアを開けようとしたとき、さっきまで、いやい

つも気丈に振る舞っていた母さんが、突然ポロポロ涙を流し、ボソボソとつぶやきました。

「誠一、お父さんがね、長浜に帰してくれとせがんで、きかんのよ……」

涙を拭うこともせず、母さんは父と交わした会話をもらしました。

「そんでね、誠一、私はがまんできんかったから、言うてやったんよ。私は父母の反対を押し切って、お父さんのところに嫁いできたんよ。両親に、商売人に嫁いでも苦労するだけやからと反対され、それでもと反対を押し切って長浜に嫁いできたんよ。

だからどんなに辛いことがあっても、私には帰る家がなかった！　歯をくいしばって、くいしばって、辛抱するしかなかったんよ」

そう言いながら、当時の辛さを思い出したのか、嗚咽《おえつ》しました。そして涙を振り切るように顔を上げ、決然として言いました。

「でも、お父さんには、リハビリを頑張って、早く回復して、帰っておいでと言ってくれる家族がいるやない！　お父さんには帰れる家があるやない！

それなのに何よ、弱気を出してめそめそ泣いたり、癇癪《かんしゃく》玉を破裂させたりして。

今ここで頑張らなかったらどうすんの！　みんなよくなると信じて待ってくれてん

のよ。誠一、私は今まで言えんかったことを全部言ってしもうた！」

母さんは四十七年分の涙といっしょに、溜まった思いを吐き出したそうです。誠一さんは母を励ますように言いました。

「母さん、頑張ろうや。母さんも付き添いでしんどいやろうけど、父さんは目に見えないところで、少しずつよくなり始めているんや」

誠一さんはそれしか返す言葉がありませんでした。いかに立派な哲学を奉じていても、喜怒哀楽のある生身の人間は、どうしても現状に引きずられてしまいます。また思い直して、これじゃいかんと反省し、精進が始まります。回復に向けた誠さんの闘いは、家族一人ひとりの闘いであり、みんなして超えていく道でした。

◉ああ、僚友が天国に召されていった

病棟にはそれぞれのいのちと向き合っている大勢の人がいます。夜の病棟は看護師の巡回の足音だけが響いています。真夜中の病棟は実に寂しいものです。

突然、その静けさを破って、廊下をバタバタと走る音がして、医師を呼ぶ看護師の声が響きました。本を読んでいた誠さんはぎくりとして、全身が耳となりました。

（あの足音は僚友の部屋に出入りする音ではないか！）

頑張れよ、負けるなと拳《こぶし》を握り、必死の声援を送りました。一時間ほどが過ぎ、家族がすすり泣く声が伝わってきました。病室の暗がりの中で、誠さんは奥さんにそっと語りかけました。

「母さん！　あの人、とうとう駄目だったんだね……かわいそうに」

仲良くしていた僚友が天国へ旅立ったのです。翌朝、奥さんが顔を出され、

「とてもお世話になりました。ハーモニカの『ふるさと』が介護の励みになりました」

とお礼を言われて、テレビのカードを置いていかれました。

僚友を送り出し、心が重い一日となりました。

◉二本の指で字が書けた！

誠さんは脊椎損傷のため、首から下は全然動かなかったのに、リハビリをこつこつ頑張ったお陰で、口のところまで手が動かせるようになり、両手でハーモニカを支えて吹けるようになるまでに回復しました。ところが、今度はさらに決定的な回復が見

られました。

口で硬筆ペンをくわえて、それを親指と人差し指の間に差し込み、ゆっくりと動かしてみると、ミミズがはったような字が何とか書けました。

最初は「まこと」、続いて「てるこ」と書きました。

やったー！

字が書けた。嬉しくて涙がポロポロ出ました。リハビリの成果は確実に上がっており、体の機能は着実に回復していたのです。希望が見えました。

字が書けるようになったことは大きな自信につながりました。誠さんの目に力が入り、生き生きしてきました。そして毎月一回開かれる真民さんのファンの集い「朴《ほお》の会」で知りあった人々に、たった二本だけ動く指で積極的にハガキを書き始めました。

「指二本動いて、幸せのおすそ分け！」

ハガキをもらった人たちは、

「指がたった二本だけ動くことが、そんなに感謝できることなの？　そんなことにも感謝できるのか？　人間ってすごいなあ！」

と驚いて感動し、こうして幸せの輪が広がっていきました。まさに「幸せのおすそ分け」となりました。人間はどんな小さなことでも喜べるのです。悟りは高僧だけに許されたことではなく、市井の無名の人にも開かれている〝安心立命《あんじんりゅうめい》〟でした。人間は何と祝福された存在でしょうか。

真民さんは最晩年、「大宇宙大和楽」と達観しましたが、それは究極の悟りだったのです。

「ああ、大宇宙に感謝しよう！　そして人間、万歳！」

誠さんはベッドに起き上がって拍手喝采しました。

◉そよ風に吹かれて車イスで散歩

平成十四（二〇〇二）年七月十五日、あと三日で、入院して二年半が過ぎようとしています。誠さんは車イスを奥さんに押してもらって散歩に出ました。外は心地よいそよ風が吹いていました。

（あ！　風が頬をなでてくれた！）

ちょっと木陰に入ると、とても涼しかった。車椅子の生活になってみて、不思議なことに、空が広く見えるようになりました。真っ青な空の色や、もくもくと湧き起こる入道雲に、季節の移り変わりを感じました。

ふと車椅子の車輪の脇を見ると、名も知らない小さな花が咲いていました。その小さな花や懸命に生きている虫たちに、声を掛けました。

「同じいのちを生きているんだね！」

生きていることがありがたかった。母なる星の上で、ともに生き、ともに死す。すべてのいのちたちよ、ありがとう——そう感謝すると、また嬉しくて、ひとりでに笑みがこぼれました。そこで「いのちって何ですか」という詩が生まれました。いや誠さんに新しい感性が開いたといったほうが正しいかもしれません。

いのちって何ですか
今を一生懸命に生きている姿だと思う
名も無い小さな花や虫たちも
母なる星の中で
共に懸命に生きている
その姿に小さい宇宙があり

光が見える
人間も花も虫も同じいのちなのだ
車イスの生活になって
懸命に生きている
野の花が摘めなくなった

誠さんの〃いのち〃と、草花や虫たちの〃いのち〃が共鳴し合って、一人の小さな詩人が誕生したのです。

◉とうとう自分の足で立った！

平成十四（二〇〇二）年三月三日、ひな祭りの日は特別な日になりました。奥さんに車椅子を押して後ろについてもらい、自分の足で一歩、一歩、そして右、左と、大地を踏みしめて歩きました。

歩ける！　足がちゃんと動く！　嬉しさが体を突き抜けていきます。

誠一、徹明、洋明、そして長男の奥さんの真里さん、見てくれ！

ちゃんと歩けるぞ。

雄叫びを上げました。立ち止まると、鳥が鳴いていました。窓から差してくる三月の柔らかい日差しと、吹き抜ける冷たい風が心地よい。

長浜に帰れる日がまた一歩近づきました。家に帰ろうという願いを足の裏に込めて、一歩一歩、大地を踏みしめて歩きました。そんな誠さんに鳥が祝福の歌を歌っています。

「ありがとう！　喜んでくれてありがとう！　祝福してくれてありがとう」

自然の恵みがありがたく感じられてなりませんでした。入院してから二年二ヵ月が経っていました。よくぞここまで来られたものです。みんなのお陰でした。

誠さんの驚くべき回復ぶりを見て、市立大洲病院の整形外科の先生は、

「正直言って、ここまで回復するとは思いませんでした！　何がどうなっているのか、医学的にはまったく説明がつきません」

と驚かれ、他の患者さんに誠さんのケースを話して、励ましておられました。それを聞いて、誠さんと奥さんの顔は涙でくしゃくしゃになりました。

◉宇宙の気がみなぎっている！

待ちに待った退院の日が近づいてきました。それはただの再出発の日ではなく、再出発のために、み仏は誠さんに試錬を与え、新たな心情の世界を開いてくださったのです。誠さんの新たな心境が次の詩「宇宙の気」に詠み込まれています。

家族の気　――　祈り念ずることで
朴《ほお》の気　　今まで見えなかったものが

朴友の気
遠くアンデスの山々の気に支えられ
先生の気　大宇宙の気を信じ切って
病に克《か》った

見えるようになり
聞こえるようになった
すべてのものに気があり
光であることがわかった

詩の中に「アンデス」とあるのは、横浜市磯子区にある宝積寺《ほうしゃくじ》での「とりの会」で知り合ったご夫妻がペルーに住んでおられ、帰国されたときわざわざ大洲市までお見舞いに来てくださいました。そのとき、ご夫妻は、アンデス山脈やマチュピチュの素晴らしさを語られたことから、誠さんはいつかアンデスに行きたいと思うようになったことを指しています。

古《いにしえ》から「無駄なことは何もない」と言われていますが、自分で体験するまでは、あまりピンときませんでした。ところが闘病生活をとおして、それを実感するようになりました。だから傍目にはどう見えようとも、「甘んじて受け入れる」ようになりました。天の知恵を優先して、人間のこざかしい知恵は後回しにすると、何でもうまくいくのです。

◉とうとう迎えた退院の日

平成十四（二〇〇二）年九月十二日快晴、待ちに待った退院の日です。三男の洋明さんが車で迎えに来ました。お世話になった院内のみなさんにお礼を言って、テレビカードを差し上げました。千羽鶴を両手に持って、婦長さん、看護師さんに見送られて家路に着きました。

三年弱の入院の後、誠さんは家から仕事場への移動は歩行器と車いすを使っています。パンを捏《こ》ね上げる握力がなかったので、力仕事は息子さんたちに譲り、店の隅に机を置いて、朝から夕方までそこで過ごし、生活のリズムを徐々に取り戻してゆきました。事業主だったので、銀行などの用事はすべて誠さんがやるなど、自分で頑張るという気迫そのものです。

退院してから、地域の小、中、高校や県教員のための講演に呼ばれるようになり、月に何度か出かけました。付き添いは車の運転もあるので、誠一さんがやりました。

砥部町で行われる、真民さんの月例講話「朴の会」には必ず出席しました。写真で記録を取るのは誠さんのライフワークだったので、どんなに体調が優れなくても出かけて行きました。例会での真民先生の録音テープや写真は、参加できなかった朴の会の会員に送りました。だから手紙をやり取りする相手が全国に広がっていきました。

◉苦悩から歓喜へ

誠さんにとって、真民さんとのご縁で忘れられないのは、横浜の宝積寺《ほうしゃくじ》の高梨慧《たかなしけい》雅《が》住職（故人）の多大なご支援で開催された「とりの会」です。真民さん、高梨住職、それに誠さんが酉《とり》年生まれだったので意気投合し、「とりの会」が生れたのです。

平成五（一九九三）年酉《とり》年の十月三十一日、真民さんに心を寄せられている人々が宝積寺に集い、鳥たちが平和に暮らしてゆける地球を願って、とりの碑を建立しました。もちろん、真民さんが記念講演をされ、世話人代表は車椅子で駆けつけた誠さんでした。

それから十二年後の平成十七（二〇〇五）年五月七日、第二回とりの会が宝積寺で開催されました。そのとき、九十六歳になっていた真民さんはご高齢のため出席が叶いませんでしたが、誠さんが立派に取り仕切りました。

高梨住職のご夫人庸子《ようこ》さんは、平成二（一九九〇）年五月十二日、朴の会全国大会が初めて砥部町の開花亭で開かれたとき、初めて次家さんにお会いして以来の長い付き合いなので、思い出話は尽きません。

「横浜は誠さんがパン職人として修業した街なので、真民先生つながりで宝積寺にご縁ができ、とても喜んでおられました。誠さんは笑福亭鶴瓶《つるべ》の『家族に乾杯！』（NHK）にも出演し、得意のハーモニカを披露して、素敵でしたよ」

その番組に出演した翌年の平成二十八（二〇一六）年三月三十日、誠さんは大満足のうちに八十四年の生涯を閉じました。思えばその間、さまざまなご縁をいただき、魂に磨きをかけていただいた人生でした。肉体という殻をまとっていたときは、どうしても現実に引きずられて悲観したり、癇癪《かんしゃく》を起したりしました。しかし、体が麻痺し苦渋を体験したからこそ心の目が開け、詩にも詠んだように、生きとし生けるものの〝いのち〟を称えるようになりました。

誠さんは祈りによって「宇宙の響き」を感じて現実の奥にあるものに気づき、「生命の讃歌」を詠《うた》うようになりました。「苦悩から歓喜」に至ったのは一人べートーベンだけではなく、すべての人に開かれていた道だったのです。今頃は真民さんに再会し、乾杯の美酒に酔っておられるのではないでしょうか。

第三回とりの会は平成二十九年五月十四日に開催されました。しかし、真民さん、高梨住職、次家誠さんはそれぞれ他界されているので、今度は長男の誠一さんが父の遺志を引き継いで、世話人代表を務めて開催されました。真民詩の発信基地が砥部町の坂村真民記念館だけでなく、タンポポの綿毛が愛媛から横浜まで飛んできて横浜の宝積寺にも定着したのです。

◉どんな人生経験にも意味がある！

波乱万丈の人生を経験して、パン屋「まことや」の二代目を引き継いだ誠一さんは、天の導きの鮮やかさに驚嘆して断言します。

「私は父の闘病中、励ましになるような本を探して、随分本を読みました。お陰で私もいつしか同じような人生観や宇宙観を持つようになり、大宇宙のお力にお任せすれば必ずいいようになると思えるようになりました。今は不思議と迷いません。

これまで辛いことがいろいろありましたが、今から思うと私たちは育てていただいていたんだと思います。あのことこのことも、私や家内にとって必要なことだったんだと思います。私に宇宙へ信頼を託すことを教えてくれた父母に心から感謝しています」

昔から、「雨降って地固まる」といいます。まことやさんの場合も先が見えない苦しさが続きましたが、過ぎ去ってみれば、そうやって自分たちの魂が磨かれていたのでした。

私は誠一さんから父誠さんの闘病生活とそれを経て大きく変わっていかれた様子をお聞きして思い出すことがありました。それは地獄のようなアウシュビッツの強制収容所を生き延び、『夜と霧』（みすず書房）を書き、多くの人を励ました精神科医ヴィクトール・フランクルのことです。『夜と霧』は日本語版の書名ですが、ドイツ語版の原題は『人生に然《しか》りと言う　ある心理学者、強制収容所を体験する』となっています。

フランクルは『夜と霧』で、想像を絶するような過酷な環境にあっても、希望を見失わずに生きた人間性の気高さを書きつづっており、強制収容所の陰惨な実態を書いているにもかかわらず、深い感動を与えてくれるのは、本書が人間性の讃歌になっているからです。

フランクルは「どんな人生経験にも意味がある」と言いました。誠さんにとって全身麻痺になり、二年のリハビリによっても指が動くだけの微々たる回復しかできなかったのに、その苦渋の日々を通して、逆に「いのちの輝き」を発見しました。頚椎を損傷して全身麻痺になり、何もすることができなくなりましたが、逆に心の目が開いていったのでした。

フランクルは自分の体験を通して、「苦悩」によってこそ人間は成長し、「絶望」の果てに希望の光が見えてくると言いましたが、誠さんの人生はまさにそれを実証しました。「いのちって何ですか」や「宇宙の気」という詩を書くことによって、もはや真民さんの詩の称讃者であることにとどまらず、自分自身が詩人になったのです。「指二本動いて、幸せのおすそ分け」をし続けた誠さんは、「どんな人生経験にも意味がある」と教えてくれました。

誠さん、素晴らしいメッセージを私たちに届けてくれてありがとうございました。

第八章

オーストラリア人の目に映ったニッポン

――国際結婚を通してパーカー智美さんが再発見した日本の良さ

◉無人の野菜売り場

「私の夫フィリップの姪アリーシャと義理の妹アンが昨年の暮れ、日本に遊びに来たときのことです」

と語るのは、パーカー智美さんです。四十数年前、京都大学に留学していたオーストラリア人のフィリップ・ジョン・パーカーさんと結婚して三人の子どもを授かり、シドニー本社やベルギーのアントワープ勤務を経て東京勤務になり、再び日本で暮らすようになって二十年になります。

髪が長くてスレンダーな十九歳のアリーシャは、叔父さんが日本に住んでいる間に日本を旅行しようと思って、オーストラリアの夏休みである昨年の暮れにやってきて、二週間半パーカー家に滞在しました。

智美さんがアリーシャさんやアンさんを連れて杉並区の家の近くを散歩していると、ある家の玄関の前にある無人の野菜売り場が目に入りました。いろいろな野菜や果物が並んでいて、その傍らに料金箱が置いてありました。

「これ、何なの？」

興味を持ったアリーシャさんが訊いてきました。

「無人の野菜売り場よ。みんな好きな野菜や果物を買って、料金はその箱に入れて持って帰るの。取れたてだからどこよりも新鮮だし、お値段もスーパーより安いわよ」

親戚か誰かが農家なのか、みずみずしい野菜や果物が並んでいます。近所の人に好評で、みんな利用しています。

「料金箱は置いたままなの？　お釣りはどうするの？」

「野菜を買った人が自分で計算して、その料金箱からお釣りを取るのよ」

「えっ、お釣りは料金箱からもらってくるの？　ごまかす人はいないの？　それに料金箱は置きっぱなしというのも解せないわ？　誰も泥棒しないの？　草深い田舎ならまだわかるけど、ここは東京の住宅地の杉並区でしょ」

矢継ぎ早に質問してきます。

「まさか泥棒なんて……、昔からやっている無人の野菜売り場だし、もしトラブルに遭ったとしたら、とっくに無人野菜売り場は店じまいしているでしょうね。そうでないところをみると、誰も泥棒しないんでしょ」

「信じられない！　マーベラス（驚くほど素晴らしい）。それに町にはゴミ一つ落ちていなくて、きれいだわ。市民がお互いに信頼し合って社会が成り立っていて、町にも安心感があるわ」

アリーシャさんは興奮が冷めやりませんでした。

◉地下鉄での出来事

ある日、銀ブラしようと、アリーシャさんやアンさんを連れて渋谷から地下鉄半蔵門線に乗りました。午後の時間だったので、比較的すいていました。座席に座ってスマホをいじっている人もあれば、おしゃべりに夢中なおばさんたちもあり、中には居眠りしているサラリーマンらしい人もいました。社内には自由でくつろいだ雰囲気がありました。

「何、これ！」

またまたアリーシャさんが驚いて、小声で訊いてきました。まるで「ねえ、ねえ、ママ！」と質問を連発する五歳の女の子のようです。

「なんて平和でのどかなんでしょう！　信じられないわ」

——地下鉄の車内が平和で、のどか？　と聞いて、智美さんはシドニーに住んでいたころのことを思い出しました。オーストラリア第一の都会のシドニーの地下鉄では、自分の荷物を奪われないように膝の上に置いて、みんな両手で抱きかかえるようにして乗っているのです。自分の荷物を脇に置いて、おしゃべりに夢中ということはあり得ません。ましてや口を開けて鼾《いびき》をかいてうたた寝していると、下車するころには自分のカバンは盗まれているに違いありません。アリーシャさんは日本の治安のよさを地下鉄の雰囲気で感じとったようです。

「それに地下鉄の車両も窓も車内もきれいだこと。ピカピカだわ」

半蔵門線は、昭和二（一九二七）年につくられて、輸送の限界に達した銀座線の混雑を避けるために、新しくつくられた線なので、駅もプラットホームも広くてゆったりしています。デパートに着いて、ショッピングを楽しみ、トイレに行きました。家のシャワレットで温水便座の使い方を説明したときも、ハイテクトイレに驚いていました。こうした公共のトイレはさらに「音姫《おとひめ》」という機能が付いています。つまり用を足す音がもれないように、水が流れる音を出して音を消す機能です。この細かい配慮には言葉が出なかったようでした。

◉季節感たっぷりの盛り付けをした食卓

家で出した夕食にもアリーシャさんは感動しました。オーストラリアでは大皿一枚に牛肉がドーン、野菜がドーンと置かれていて、基本的に日本のような繊細な〝盛り付け〟という考えはあまりありません。焼くか、油で炒めるかだけです。ところが日本の食卓は、それぞれの皿に幾種類もの料理が盛られてカラフルです。油類は極力抑えて、素材の旨みを引き出すように工夫されています。

それにうれしいことに、季節の薫りを出すために、皿には紅葉などがさりげなく添えられています。作り手の智美さんが日本人ということもあって、食卓そのものが季節感を出すよう工夫されているのです。

それにゴミの処理もまた驚きです。オーストラリアでは週に一回回収にやってくるゴミ収集車が、各家庭に置いてある背丈ほどもある大きなプラスチック製のゴミ箱を機械で持ち上げて回収していきます。日本のように再生することを考えて、紙ゴミ、生ゴミ、プラスチック製品類、缶類、ビン類、ダンボール類、鉄クズ、陶器など燃えないゴミなどと細かく仕分けして、出すわけではありません。

智美さんはアリーシャさんがあまりに驚くので、改めて日本の社会の良さについて考えさせられました。成田空港から帰国するとき、さらにこう言い残したのです。

「私は日本が大好きになっちゃった。長野や京都、姫路、広島など、地方にも旅行し、みんなフレンドリーで、細やかなもてなしに感動しちゃった。来年も日本にまた来たい。世界中の人が日本にやって来て、学んで帰ったらいいな」

それが日本に培《つちか》われているものを再考するきっかけになりました。

◉合気道が教えてくれた深遠な宇宙

智美さんは合気道の教師です。東京都内で教室を開いて、もう十年になります。若いご婦人が合気道の師範？　不思議に思って、動機を訊いてみました。すると意外な返事が返ってきました。

「私の場合、入門した動機がちょっと違うんです。私は授かった双子を抱っこしているうちに腰痛になってしまいました。診てもらった整形外科の先生にもっと筋肉をつけるようにとアドバイスされました。たまたま子どものピアノの先生を探しに行ったビルに合気道の道場があり、女性が男性を投げ飛ばしている姿に惹かれました。筋肉をつけるにはちょうどいい、合気道を習おうと決めたんです。

ところが学んでいるうちに、合気道は相手に勝ち勝とうとする武道ではなく、相手の力を逆用して勝つ武道であり、天地との大調和の世界を体感する武道であることを教えられ、魅了されました。以来、私の生き方となりました。私の合気道教室は女性が多いのですが、そうした宇宙の仕組みに気づかれると、びっくりされます」

◉皇居の勤労奉仕に参加して

さらに十年前から、友達や合気道教室の人々を誘って年二回、皇居で勤労奉仕するようになりました。雑草を刈ったり、庭園を掃除するのですが、四日間の勤労奉仕のうち、一回は天皇さまと皇后さまからご会釈をいただく時間があります。従ってもう九回ほど、ご会釈を賜わりました。ご会釈のとき、天皇、皇后さまから受ける柔らかな光は、えも言われぬ至上のものでした。そこで考えたのです。

「オーストラリアの大統領官邸やイギリスのバッキンガム宮殿、あるいはアメリカ大統領官邸で、国民が勤労奉仕することってあるでしょうか？――ないですよね。

いずれも厳重に警備されている場所で、一般国民は立ち入り禁止です。大統領や女王を警護する立場からすると、市民は遠ざけるしかないのでしょう。

どうも日本人が天皇、皇后さまに抱いている感情は、国の父、母に向けているもののように感じられます。この安らぎが国全体を覆っているのではないかしら」

智美さんにとって毎年春秋の皇居での勤労奉仕は、故郷に住んでいる父母に会いに行き、庭の掃除をしているようなものなのです。

◉フィリップさんが皇居の祝賀参拝で感じたこと

智美さんは夫のフィリップさんを皇居の勤労奉仕に誘ってみました。でも、会社を経営している者にとって、平日の四日間を空けることはむつかしいと言われました。そこで一月二日の祝賀参拝に誘いました。

第一回のお出ましが十時十分なので八時に皇居前広場に行きましたが、もう三万人余りが並んでおり、外国人も大勢来ていました。皇居前広場から二重橋を渡って伏見櫓《やぐら》の下から新宮殿の長和殿前の広場に進み、皇室の方々がお出ましになるのを待ちました。

そして十時十分になって、天皇、皇后さまをはじめ皇族が中央バルコニーにお立ちになり、新年のご挨拶を述べられると、いっせいに万歳！　が巻き起こり、日の丸の小旗が打ち振られました。その後、宮内庁に向かう坂を下って、坂下門から皇居の外に出ました。フィリップさんは数時間立って並んだことは苦痛ではなかったらしく、天皇と皇后さまにお会いでき、祝福を受けたことが嬉しかったようです。

祝賀参拝が終わって、ご主人の感想を聞いてみたら、意外な言葉が語られました。

「ぼくはもともと日本人が静かなのには感心していたんだけど、今日の一般参賀に参加してその感を強くしたよ。広場には三万人もの人がいたわけだけど、騒ぐ人もなく、新宮殿へ粛々《しゅくしゅく》と進んでいった。みんなこれから神聖な場所に行くんだという気持ちで、襟を正しているのが伝わってきた。そして天皇、皇后さまや皇族の方々に心からの喜びを送っている。素晴らしいの一語に尽きる経験だった」

フィリップさんもまた、天皇、皇后さまと国民が目と目で尊敬と感謝の念を交わしていたと感じ取っていたのです。

日本が戦争で負けたとき、進駐軍の中で、天皇制を廃止すべきかどうか激論が戦わせられました。そのときマッカーサー元帥は最終的には、「もし天皇制に手をつけたら、日本は統治不能の大混乱に陥る」という意見を採用して、天皇制を存続させたと聞いています。智美さんは夫の感想を聞きながら、マッカーサー元帥は賢明な選択をしたのだと思いました。

「来年の元旦の参拝はどうする？」と訊くと、「また行きたい」という返事でした。それで今年も新年の参拝に行ってきました。

◉安岡先生の裂帛の気合が籠もった揮毫

四十代前半に体調を崩した智美さんは、平成十一（一九九九）年十月、友達から紹介されて、私も主宰者の一人である第五回武蔵嵐山志帥塾《むさしらんざんしすいじゅく》に参加しました。その時の様子をこう話します。

「私は頂いた命をこれからどう使うべきなのか、悩んでいました。ただ自分のためだけに使うのでは意味のない人生のように感じていました。人生半ばを過ぎて、残りの人生を恩返しに使いたいと思っていたのです。

武蔵嵐山で神渡さんは、東洋思想家の安岡正篤《まさひろ》先生の『一燈照隅《いっとうしょうぐう》、万燈照国《ばんとうしょうこく》』を引いて話をされました。

『どんな人でも一隅を照らすだけの力量を与えられて、この世に送られています。大きなことを願って空回りするのではなく、足元から一歩一歩積み上げていけば、みんな一隅を照らせるのです。その歩みがやがて国を明るく照らすようになるのです』

いろいろな例を挙げて、とても静かな口調で語られる言葉は私の心に染み入ってきました。

武蔵嵐山志帥塾が終わり、会場の国立女性教育会館に隣接している安岡正篤記念館に伺いました。安岡先生はもともと嵐山町のこの一角で日本農士学校を運営されており、広大なお庭を持った国立女性教育会館はその畑だったそうです。現在はそれを国に寄贈し、文部科学省が国立女性教育会館を建てて運営しています」

武蔵嵐山志帥塾は平成三十年（二〇一八）で二十四回目となり、智美さんは毎年回参加しています。いまでは司会を担当し、志帥塾に花を添えています。

「国立女性教育会館に隣接している安岡記念館は先生のお人柄を感じさせるような、落ち着いた雰囲気に包まれていました。先生ゆかりの書や遺品がたくさん並んでいて、その中の墨痕《ぼっこん》鮮やかに書かれた扇形の書が私の目を引きました。裂帛《れっぱく》の気合が籠もっているように感じました。

自《みずか》らかえりみて縮《なお》くんば
千万人と雖《いえど》も我れ征《ゆ》かむ

の気概をもとう

そのころ私は合気道を習っており、藤平光一《とうへいこういち》師範がこの孟子《もうし》の言葉を引用してよく話しておられたので、この言葉は知っていました。だからこの揮毫《きごう》が目に留まったのかもしれません。

――ああ、誰でもこの信念を持っているんだわ。私も天を信じて、凛《りん》とした気概をもって生きてゆこうと襟を正しました」

智美さんが目を奪われた安岡先生が書いた「千万人と雖も我れ往かむ」という揮毫は単なる懐古趣味の揮毫ではありません。戦後の日本は共産主義が圧倒的な勢いで席巻し、マスコミも労働運動も大学アカデミズムも左傾化し、「マルクスに非ずんば人に非ず」という風潮が大手を振って歩いていました。

そうした中で安岡先生は師友会を結成し、日本のバックボーンを再度形成しようと、努力されていました。だから「千万人と雖も我れ往かん」は安岡先生自身の信条そのものだったのです。その気魄《きはく》が感性の鋭い智美さんの心を捉えたに違いありません。

それに志師塾で出会った方々を通して、新しい展開がありました。それは自動車用品の販売会社イエローハットの創業者・鍵山秀三郎《かぎやまひでさぶろう》さんが主宰される「掃除に学ぶ会」の存在を知ったことです。そこで新宿の歌舞伎《かぶき》町で行われている清掃活動に参加しました。

歌舞伎町は日本一の歓楽街ですが、土曜日の歓楽が明けた日曜日の朝方はゴミの山です。二百名余りの人がその街を黙々と掃除します。すると昼頃には、あれほど汚かった街が一新し、見違えるほどにすがすがしくなるのです。最も汚れたところを掃除することが、日本への大元からの恩返しになると知りました。少しも気負いがなく自然体で奉仕される鍵山さんの姿に智美さんは救われた思いがしました。そうしたことから智美さんは徐々に健康を取り戻していきました。

◉安岡正泰さんや安岡定子さんに『論語』を教わる

再び智美さんの話に戻りましょう。

「安岡記念館でいただいたパンフレットに、安岡先生のご次男の正泰さんが銀座三丁目の銀座東和ビルで開いておられる安岡正篤銀座サロンが紹介されていました。その銀座サロンで、お孫さんの安岡定子さんが『母と子の論語塾』を開いておられるというのです。難しそうな『論語』を、私にもわかるように解説してくださるんだったら、行ってみようかしら」

そう思って通い始めました。早朝七時からの集まりながら、出勤前のサラリーマンも六、七十名詰めかけていて盛況でした。定子先生の声が早朝の銀座のビルに響きます。

「孔子が説いた世界は『徳は弧ならず。必ず隣有り』に集約されます。誰が見ていようが見ていまいがそんなことには頓着せず、人知れず徳を積んでいこうと説いています。つまり人の目を気にするのではなく、天を相手にして生きなさいというのです。人の目を気にしなくなると、どんなに楽になるかしれません。そんなあなたの生き方に共感する人が現れて、絆はいっそう深まっていきます」

孔子は人間のあり方の一番基本的なところを正してくれました。こうして少しずつ東洋思想に入っていきました。

◉仏像彫刻を通して自分の中の仏性を発見！

あるとき、智美さんは俳優の滝田栄さんのお宅を訪ねる機会を得ました。滝田さんは劇団四季の公演『ジーザス・クライスト・スーパースター』でユダ役を演じ、NH

K大河ドラマ「徳川家康」では家康役で出演し、ミュージカル『レ・ミゼラブル』ではジャン・バルジャン役を主演した役者です。

滝田さんは彫っている最中の仏像を乗せる蓮の葉の台座を見せ、仏像彫刻の楽しさを語りました。

「映画の撮影や舞台の合間、私は一心不乱に仏像を彫っています。飲みに行って気を晴らそうなどとは思いません。ホテルに籠もって仏像彫刻に没頭するとき、その静寂なひと時が私をリフレッシュしてくれるのです」

華やかな芸能界に住む人が、仏像を彫って、心のバランスを取っているというのは驚きでした。舞台やテレビに忙しい滝田さんにとって、仏像彫刻はすべてを忘れて一心不乱になれる時間でした。人間は忙しければ忙しいほど、そういう時間を持つべきだと言うのです。

それは智美さんに二十歳のころから、仏像を彫ってみたいという願望を抱いていたことを思い出させました。そのときはまだ若すぎる、もっと人生経験を積んでからと先送りしました。でも子育てが終わり、自分の時間が取れるようになったので、そろそろ取り組んでみようかなと思いました。

すると不思議なご縁で仏師の紺野侊慶《こうけい》さんに出会ったので、その木彫り教室に入りました。そして紺野先生の指導の下、聖《しょう》観音菩薩を彫っています。智美さんはすでに八割方彫り上がった観音菩薩を見せてくれました。

「この観音菩薩はもう八年彫り続けています。私は一生に一仏のつもりでゆっくりゆっくり彫っています。仏像彫刻を始めてから、朝の清らかな時間が確実に増えました。しかも彫っているものが観音菩薩ですから、自ずから清浄な世界に引き上げられます。仏像彫刻は自分の中の仏性に光を当ててくれました」

ますます多彩な才能が開花している智美さんです。

◉フィリップさんが日本永住を決意！

フィリップさんは父方の先祖がイギリス人、母方の先祖がオーストラリア人です。ルーツはヨーロッパですが、日本の古い文化が残る京都や、ひなびた田舎の町にはとても惹かれるものがあり、年に数回そうした所に旅行に行きます。

最近では福島県南会津郡にある大内宿《おおうちじゅく》のたたずまいが気に入っています。ここは会津若松と日光・今市を結ぶ旧宿場町で、茅葺《かやぶ》きの民家が立ち並び、江戸時代の風情が感じ取れるのです。そんなフリップさんを見ながら、智美さんは「この人は日本人以上に日本人らしい」と感じています。

奥さんの智美さんが日本人であることから、家では玄関で靴を脱いで家に上るようにしており、その習慣にもすっかり慣れました。いや慣れたというより、靴を脱いだほうがリラックスすることを発見したと言ったほうが正確かもしれません。

フィリップ夫妻は引退した後、オーストラリアで過ごすか、それとも日本に永住するか、そろそろ決めなければならない歳になりました。

「私はオーストラリアに帰ることになったとしてもいいと思っていました。ところがフィリップは日本に永住することに決め、永住権を取ったのです。私は飛び上がって喜び、涙がこぼれ、彼にキスしました。それだけに、日本を終《つい》の棲《す》み家《か》として選んでくれた夫を心から歓迎する、誇り高き国にしていきたいと思いました」

フィリップ夫妻の人生は終盤を迎え、いよいよ実り豊かになりました。

◉祖先の意志を受け継いで〝まほろば〟づくりに励む

その昔、日本武尊《やまとたけるのみこと》は東日本の平定が終わって帰国の途につき、三重の能褒野《のぼの》（現・亀山市能褒野町）の鈴鹿峠まで帰ってきました。しかし、伊吹山の戦いで重傷を負い、鈴鹿峠を越えて父の景行天皇《けいこう》が待つ大和まで帰るだけの体力が残されていません。あえぎあえぎ山道を登りながら、尊の脚は三重にも八重にも折れました。その故事から鈴鹿峠がある地方を「三重県」と称するようになったそうです。

尊は難儀しながら峠を目指したけれども、距離はいくらも稼げません。苦しい息の下で、望郷の念を和歌に詠みあげました。

倭《やまと》は国のまほろばたたなづく
　青垣《あおがき》山隠《こも》れる倭しうるわし

（――大和は気高く秀《ひい》でた国だ。青々とした山々が垣根のように重なり繋っている。ああ、大和こそ本当に美しい国だ。そんな麗《うるわ》しい大和の国をつくり上げたい。喜び、笑い、さんざめき、睦み合い、助け合う国に仕立て上げたい）

尊は残念ながら鈴鹿峠を越すことができず、能褒野の道の辺に果てました。しかし、祀られた墳墓から白い鳥が飛び立ち、父が待つ大和地方を目指して飛び立っていき、父君との再会を果たしたと言い伝えられています。

「とっても不思議なんです」

と智美さんは目を輝かせました。

「こうした肇国《ちょうこく》の物語は、皇居に勤労奉仕に行くようになり、毎年天皇皇后さまにお会いし、また安岡先生ゆかりの勉強会に通ってこの国の成り立ちを学ぶようになって、全然違和感なく受け止められるようになりました。

それに鍵山先生の掃除に学ぶ会に参加するようになって、一番汚いところを、心を込めて掃除すれば、全体が良くなることも学びました。全部繋がっているんです。人生には無駄がないと思います。だから今は臣民の一人として美《うま》し国づくりに参加し、この国を誇り高き、御霊《みたま》を大切にする国にしていこうという意識がいっそう高まりました」

日本武尊の時代から二千数百年を経て、智美さんもまたそんな国づくりに参加し、いっそう真心を尽くそうと思っています。

おわりに

一回しかない人生をどう生き切るか！

この人生最大にして最深のテーマについて、今回素材を提供してくださった方々に心からの謝辞を申し上げます。これらのことはすべて天が上から采配《さいはい》を振るい、こうして人類の一つの文化が形成されたことを思うと感謝でなりません。

すべてのことは天と地の合作です。

その意味で、このプロジェクトに地上側から参加できたことを誇りに思います。

それと同時にそのメッセージを形にするために心を砕いてくださった藤尾秀昭致知出版社社長、ならびに編集部の小森俊司さんの栄誉を称《たた》えます。これらの方々の努力のお陰で、『いのちの讃歌』が形になりました。そのことをここに明記して巻を閉じたいと思います。ありがとうございました。

平成三十年十二月吉日

暁星庵にて　著者識す

【参考文献】

『言志四録』（佐藤一斎著／川上正光会訳注　講談社）
『傷つくならば、それは「愛」ではない』（チャック・スペザーノ著　ＶＯＩＣＥ）
『気づきの力』（柳田邦男著　新潮社）
『運命を拓く』（中村天風著　講談社）
『修身教授録』（森信三著　致知出版社）
『儒教と老荘』（安岡正篤著　明徳出版社）
『いかに生くべきか　東洋倫理概論』（安岡正篤著　致知出版社）
『経世瑣言』（安岡正篤著　致知出版社）
『空海の風景』（司馬遼太郎著　中央公論社）
『竜馬がゆく』（司馬遼太郎著　文藝春秋）
『二十一世紀に生きる君たちへ』（司馬遼太郎著　世界文化社）
『地雷処理という仕事』（高山良二著　筑摩書房）
『道徳教育と江戸の人物学』（林敦司著　金子書房）

〈著者略歴〉

神渡良平（かみわたり・りょうへい）

1948年鹿児島県生まれ。九州大学医学部を中退後、雑誌記者などの職業を経て、作家に。38歳のとき脳梗塞で倒れ一時は半身不随となる。そのことを通して、この宇宙には大きな仕組みがあることに目覚めていく。この闘病体験からの、「貴重な人生をとりこぼさないためにはどうしたらよいか」という問題意識が作品の底流となっている。

近著に『許されて生きる　西田天香と一燈園の同人が下坐に生きた軌跡』『アメイジング・グレイス――魂の夜明け』（ともに廣済堂出版）、『中村天風人間学』『敗れざる者　ダスキン創業者鈴木清一の不屈の精神』（ともにPHP研究所）、『下坐《げざ》に生きる』『宇宙の響き　中村天風の世界』（ともに致知出版社）、『安岡正篤 珠玉の言葉』『安岡正篤 人生を拓く』『安岡正篤人間学』（いずれも講談社）、『マザー・テレサへの旅路』（サンマーク出版）などがある。

e-mail：kamiryo12@gmail.com　http://kamiwatari.jp/

いのちの讃歌《さんか》

平成三十一年一月三十日第一刷発行

著　者　神渡良平

発行者　藤尾秀昭

発行所　致知出版社

〒150-0001東京都渋谷区神宮前四の二十四の九

TEL（〇三）三七九六—二一一一

印刷・製本　中央精版印刷

落丁・乱丁はお取替え致します。（検印廃止）

© Ryohei Kamiwatari 2019 Printed in Japan

ISBN978-4-8009-1197-1 C0095

ホームページ　https://www.chichi.co.jp

Eメール　books@chichi.co.jp

人間学を学ぶ 月刊誌 致知 CHICHI

人間力を高めたいあなたへ

●『致知』はこんな月刊誌です。

- 毎月特集テーマを立て、ジャンルを問わず有力な人物を紹介
- 豪華な顔ぶれで充実した連載記事
- 稲盛和夫氏ら、各界のリーダーも愛読
- 書店では手に入らない
- クチコミで全国へ（海外へも）広まってきた
- 誌名は古典『大学』の「格物致知（かくぶつちち）」に由来
- 日本一プレゼントされている月刊誌
- 昭和53（1978）年創刊
- 上場企業をはじめ、1,000社以上が社内勉強会に採用

―― 月刊誌『致知』定期購読のご案内 ――

●おトクな3年購読 ⇒ **27,800円**
（1冊あたり772円／税・送料込）

●お気軽に1年購読 ⇒ **10,300円**
（1冊あたり858円／税・送料込）

判型:B5判 ページ数:160ページ前後 ／ 毎月5日前後に郵便で届きます（海外も可）

お電話
03-3796-2111（代）

ホームページ
致知 で 検索

致《ち》知《ち》出《しゅっ》版《ぱん》社《しゃ》 〒150-0001 東京都渋谷区神宮前4−24−9

いつの時代にも、仕事にも人生にも真剣に取り組んでいる人はいる。

そういう人たちの心の糧になる雑誌を創ろう――

『致知』の創刊理念です。

私たちも推薦します

稲盛和夫氏　京セラ名誉会長

我が国に有力な経営誌は数々ありますが、その中でも人の心に焦点をあてた編集方針を貫いておられる『致知』は際だっています。

王 貞治氏　福岡ソフトバンクホークス取締役会長

『致知』は一貫して「人間とはかくあるべきだ」ということを説き諭してくれる。

鍵山秀三郎氏　イエローハット創業者

ひたすら美点凝視と真人発掘という高い志を貫いてきた『致知』に、心から声援を送ります。

北尾吉孝氏　SBIホールディングス代表取締役執行役員社長

我々は修養によって日々進化しなければならない。その修養の一番の助けになるのが『致知』である。

渡部昇一氏　上智大学名誉教授

修養によって自分を磨き、自分を高めることが尊いことだ、また大切なことなのだ、という立場を守り、その考え方を広めようとする『致知』に心からなる敬意を捧げます。

致知BOOKメルマガ（無料）　致知BOOKメルマガ　で　検索

あなたの人間力アップに役立つ新刊・話題書情報をお届けします。

人間力を高める致知出版社の本

修身教授録

森信三 著

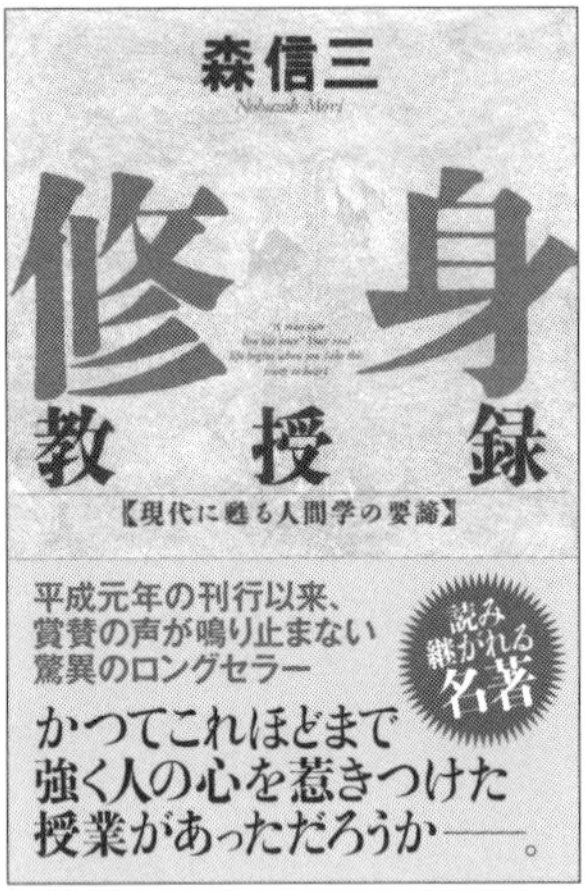

教育界のみならず、ＳＢＩホールディングス社長の北尾吉孝氏、
小宮コンサルタンツ社長の小宮一慶氏など、
今なお多くの人々に感化を与え続けている不朽の名著。

◉四六判上製　◉定価＝本体2,300円＋税

人間力を高める致知出版社の本

安岡正篤一日一言

安岡 正泰 監修

安岡正篤師の膨大な著作の中から日々の
指針となる名言を厳選した名篇。

◉新書判　◉定価＝本体1,143円＋税

人間力を高める致知出版社の本

坂村真民氏も絶賛した名著

下《げ》坐《ざ》に生きる

◉

神渡 良平 著

◉

下坐行に徹して生きる人物たちの生涯を辿る。
続々と版を重ねるロングセラー。

◉四六判上製　◉定価＝本体1,500円＋税

人間力を高める致知出版社の本

祈りの詩人・坂村真民氏の心を癒やす詩篇

坂村真民詩集百選

◉

坂村 真民 著　横田 南嶺 選

◉

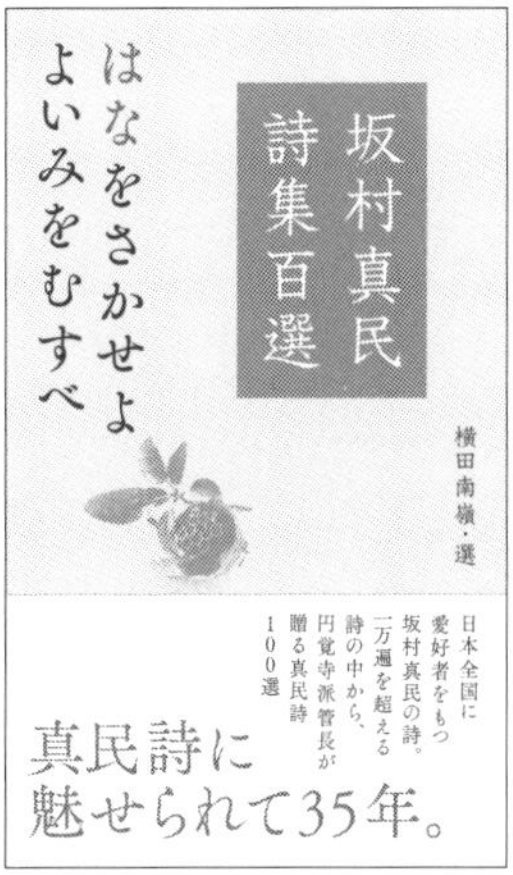

生涯一万篇といわれる膨大な作品の中から
円覚寺派管長・横田南嶺師が贈る名詩百選。

◉新書判　◉定価＝本体1,300円＋税

人間力を高める致知出版社の本

「小さな人生論」シリーズ

「小さな人生論 1〜5」

人生を変える言葉があふれている
珠玉の人生指南の書

●藤尾秀昭 著
●B6変型判上製　定価各1,000円＋税

「心に響く小さな5つの物語 I・II」

片岡鶴太郎氏の美しい挿絵が添えられた
子供から大人まで大好評のシリーズ

●藤尾秀昭 文　片岡鶴太郎 画
●四六判上製　定価各952円＋税

「小さな修養論 1〜3」

「修養なきところに人間的成長はない」
渾身の思いを込めて贈る修養論

●藤尾秀昭 著
●B6変型判上製　定価各1,200円＋税